特别鸣谢：深圳市源启焘文化发展有限公司

U0684673

文心跋涉

林居正 著

中国大百科全书出版社

图书在版编目（CIP）数据

文心跋涉 / 林居正著 . -- 北京：中国大百科全书
出版社 , 2025.4. -- ISBN 978-7-5202-1881-8

I. I267

中国国家版本馆 CIP 数据核字第 2025LE4095 号

WENXIN BASHE

文 心 跋 涉

林居正 著

出 版 人	刘祚臣
出版统筹	张京涛
责任编辑	王云霞
责任校对	李现刚
责任印制	吴永星
出版发行	中国大百科全书出版社
地　　址	北京市西城区阜成门北大街 17 号
邮　　编	100037
网　　址	http://www.ecph.com.cn
电　　话	010-88390725
印　　刷	明玺印务（廊坊）有限公司
开　　本	710mm × 1000mm 1/16
字　　数	136 千字
印　　张	13.5
版　　次	2025 年 4 月第 1 版
印　　次	2025 年 4 月第 1 次印刷
书　　号	ISBN 978-7-5202-1881-8
定　　价	63.00 元

深圳中心区·平安国际金融中心

宝胜圣境·东南第一龙王殿

栖凤湾·东海日出

深圳华侨城·世界之窗

宝胜圣境·千峰对峙

阆中古城·状元坊

世界之窗·埃菲尔铁塔

北京潭柘寺·楞严坛

宝胜圣境·寺院巍峨

阆中古城·中天楼

龙王殿

宝胜圣境·寺庙林立

6

东海之滨·栖凤湾风景

中国花炮之乡·浏阳天空剧院

浏阳河畔

民族英雄林则徐雕像

杭州古刹·灵隐寺

宝胜圣境·云海清趣

宝胜圣境·千手观音

序
言

文心悟道

我是一个兵，上过大学，守过边疆，打过仗，有 50 余载的军旅生涯。认识居正后，我们便成了朋友。居正是福建福州人，是深圳金融领域的领军人物，为深圳社会经济发展做出了贡献。我为之佩服。

前不久，居正新作《文心跋涉》书成，嘱我为序。我谢其信，又恐能力有限，不堪其任。书稿到手，先睹为快，一气读下，颇多感慨。这部作品开阔大度，涉及领域广，历史跨度长，专论历史人物多，其中既有波澜壮阔，又不乏清雅从容，字里行间流露出独到、别致、浪漫、朴素之美。

居正的文章角度新颖，题材广泛，有田园牧歌的恬静与美好，有对自然风光一往情深的描绘，也有对时事深刻的理解和剖析。登临高山，一湾碧水；涛声依旧，不绝于耳；清风雨露，一缕缤纷……即使眼看繁花落尽，心中仍有落花的声音。斯山斯水，万千辰辉；斯地斯人，群星灿烂。

有道是"文如其人"，这句话放在居正身上一点儿不错。居正人好品高，勤奋多产。他的散文之所以有历史的厚度，是因为他对历史知识有丰富的积累，亦有自己深刻的认知，还有对传统文化的继承发扬，对经济发展的慧眼如炬。他将历史变迁与人文环境融为一体，常聚挚友，倾心论道，究天人之道，通古今之变。曾经历过、发生过的历史事件，统统或正在发生或将要发生，如此这般地展现了其对历史的认知。

居正的散文充满了人生哲理，无论是写古今沧桑、社会气象、人生百态，还是写自然风光，皆能洞察秋毫，见其哲理。例如，相聚离别是平时所见之常态，而在他的文字里却是最美的风情异景。再如，无论名流还是凡人，受到误解、走了弯路、遇了挫折，都是平常所遇之常，而在他的文字里，却正因了这些"弯道"，人生才有了跌宕起伏的精彩。还有那奇特的一朵花、一首歌、一条河、一块石倏忽间所绽放出的奇异光彩，皆能汇聚成惊鸿一瞥。也正因为有了这些独特的色彩，让我们的人生有了新的认知和欣喜。

居正的作品具有独特的艺术魅力和深厚的文化底蕴。读他的散文，能够从中感受到生活的美好和世界的广阔，同时也启发了对于人生和世界的深刻思考。

我有理由相信，居正的这部新作将成为作者与读者的精神纽带，激发大家在纷繁的世界里走向更新更美的生活。

李乾元

2024 年 12 月 23 日

笔底花开吐芬芳

2024 年 10 月 1 日，我与妻回到老家。恰遇风和日丽，我们的心情也舒展明朗。这是一年一度的国庆佳节，大家都在深情祝福祖国繁荣昌盛，整个浏阳古城洋溢着节日的欢乐气氛。

这天中午，我惊喜地发现林居正夫妇出现在餐厅里。我走过去，拉着他的手说："你来浏阳，怎么不提前告诉我？"他说："这样相见，不更好吗？"我说："也对，这叫久别重逢，难得的心灵慰藉。"

我与林先生相识已有 20 多年。他出生于福建福州，从小好学，加上天资聪颖，后来攻读博士学位，直至在深圳市政府从事金融管理工作。他在深圳工作、生活多年，迅速成长起来。他不断探索，获得了丰富的金融知识和管理实践经验。在此基础上，他又在著书立说、治学管理等方面颇有建树。

这样一位金融专家、学者型的领导干部，让我惊叹他在文学方面竟然也有"杯下风致"。他利用业余时间写了大量散文随笔，笔之所至，立意高远，文思奔涌，情浓意切，且蕴含哲思禅悟，清丽神韵，可谓别出心裁，不同凡响。

林居正先生的散文特色鲜明，自成一格。其题材广泛，风格多样，既有田园牧歌的宁静与妩媚，又有对自然风光的深情描绘，同时不乏对山水人物的感悟和对现实生活的深刻思考。内容涉及历史文化、人文胜景、美好传说多个方面，深切地表达了作者对天地圣贤、自然山水的敬畏，对生活的热爱和对美好生活的向往。

　　林居正先生散文的又一显著特色，就是心入意入，引人共情。他的散文很自然地融合了个人经历、世事沧桑、家国情怀，既坦露了自己灵魂的归依和情感的眷恋，又以独特的视角观察世界，用内心的光芒观照世界，让读者在阅读中感受到生命抚慰和心灵共鸣。如《畅游秀美浏阳》，以浏阳的自然景观和人文历史为背景，通过作者的亲身经历和感受，展现了浏阳的秀美风光和深厚的文化底蕴。文中既有对西湖山、浏阳河等自然景观的生动描绘，也有对包公祠、文庙等人文景观的怀古幽思与缠绵乡愁。

　　林居正先生能够在新时代的火热生活和异彩纷呈的文学百花园中，以自己独特的眼光、情致、气质和文采，观照时代，书写时代，赞美时代，写出如此优美质朴且又有透亮人格、提振精神的作品，确实令人敬佩。我们有理由期待，在今后的日子里，他会写出更多更好的现实主义作品，在中国的散文天地中绽放夺目的光华。

谭仲池

2024 年 12 月 3 日

目 录

【第一辑】游·阳光惊梦

游·阳光惊梦

第一辑

神都游记

2018 年，岁在戊戌，暮春谷雨，友族修祠，奔中原，聚洛阳，群贤毕至，少长咸集。我等八千里云和月，风雨无阻，日夜兼程。

神都洛阳，十三朝古都，向往已久。昔出河图洛书，指南针源于此，造纸术源于此，印刷术源于此，道教源于斯，儒学盛于斯，佛教首传于斯，华夏文明重要发祥地；天下之中，十省通衢；丝绸之路之起点，隋唐运河之中枢。

忆往昔，多少英雄豪杰金戈铁马，逐鹿中原；然，秦皇汉武略输文采，唐宗宋祖稍逊风骚，一代天骄成吉思汗，只识弯弓射大雕，俱往矣。

洛阳神游，畅快无比，品味"真不错"。列坐其次，小酌水席。宛如穿越回到唐朝，满城繁华。遥想当年，女皇登基、则天造字、《兰亭集序》陪葬，湮没于人类记忆之中却代表着华夏世界顶峰地位标志性建筑、世界三大纪功柱之首的大周万国颂德天枢和屹立千年、历尽沧桑的乾陵无字碑，以及广为流传的"开经偈"。

"庭前芍药妖无格，池上芙蕖净少情。唯有牡丹真国色，花开时节动京城。"适逢洛阳牡丹花节，百花齐放，雍容华贵，国色天香。十里牡丹园，人头攒动熙熙攘攘，不为利来只为"色"往，短枪长炮、各色相机手机，竞相拍摄；男女老少置身花丛，心花怒放！

观石骥于第一古刹，胸中翻腾着："稽首天中天，毫光照大千。八风吹不动，端坐紫金莲。"苏轼到底有才，这是对佛陀最高最好的礼赞。苏轼到底有超凡慧根，否则哪儿来的生花妙笔。

看历史观成败，唯有胸怀众生、慈悲智慧者可彪炳千秋。今夕何夕？数十载寒窗苦读，数十年任劳任怨，虽无悬梁刺股，更无名满天下，拜龙门，瞻圣像，感悟万千。武皇则天，定满朝文武、天下举子之命运，试问，谁定武则天命运？

万里江山一局棋，百年英雄皆是梦，古都龙鼎依旧在，万世帝业已成空。游古都悟成败，廉将老矣，姜尚钓人。

不积善，不足以成名；不积恶，不足以灭身。呜呼！今朝有酒须尽欢，何必花泪沾满襟。

畅游秀美浏阳

登临西湖山，俯瞰浏阳市全景，欣赏大名鼎鼎、穿市而过的浏阳河，以及天造地设、鬼斧神工、钟灵毓秀、人杰地灵的秀美浏阳……

西湖山位于浏阳城西，又称巨湖山，把住浏阳的出水口。浏河蜿蜒而过，古塔依山而生，而巨湖烟雨是浏阳久负盛名的美景。明、清县志载："三峰鼎峙，中有巨湖，其深莫测，大旱不涸……"春夏之交，天气晴朗，晨间，三山之间，白雾缭绕，蒙蒙一色，俨若雨下，变幻万千，大有"海市蜃楼"之状，古人因以"巨湖烟雨"命之。明人有诗赞曰："危巅高峙隔龙津，斜锁岚光昼已昏。凝翠湿飞千万缕，酿寒轻洒两三番。岩前隐约高低树，竹外溟蒙远近村。欲请王维挥彩笔，画图描出伴吟轩。"

西湖山不仅有美景，更有香火鼎盛的包公祠。该祠元代兴建，达官贵人、平民百姓常登山祈祷，几毁而复建，旧址长存。近年又经重建，庙貌一新。敢为人先的浏阳人特别敬仰包青天，浏阳境内有许多包公祠。

我们知道，北宋名臣包拯是清官杰出代表，他刚正不阿，其出任公职时，务求忠诚厚道、廉洁公正、铁面无私，"不爱乌纱只爱民"，深受百姓敬仰。

继续登山，更上一层楼。一定要登临清风亭。此亭不高，其楹联很有分量，歌颂了浏阳两位伟人。站在清风亭，欣赏清风亭的楹联，多少有几分指点江山的感觉，多少有几分历史的厚实与沉重，多少有几分对人文的崇敬与慰藉！至于楹联内容，还请你亲自来吟诵……

浏阳一中位处文庙的西边，因文庙而设，是一所历史悠久、盛名远扬的高级中学。学校创办于1929年，1963年被评为省首批重点中学，连续四届蝉联"中国百强中学"。

浏阳文庙是宫殿式古建筑群，位于圭斋路北侧。庙宇面街背山，长149米，宽43米，共有13个建筑单元，是我国保存完整的孔庙之一。文庙始建于宋，1843年改建成现格局。中轴线上依次为泮池、石桥、棂星门、石阶、大成门、御道、祁阳石雕"卧龙抱珠"、月台、大成殿、御碑亭。大殿正面以雕花镂空的中堂门作屏，周围置石栏围廊。殿后御碑亭昔有康熙、乾隆所题"斯文在兹""万世师表"等匾额。殿前月台花岗岩铺地，周护石栏。月台之东南、西南两隅耸立着四角重檐攒尖顶舞亭、乐亭，为旧时春、秋祭孔舞乐场所。

我们知道，文庙开创了我国新的祭祀文化，成为中国尊师重教的重要标志。当然，大凡有文庙的地方大多是人才辈出的城市。对于浏阳，则是文韬武略人才辈出，因为浏阳也是我国的将军县。

圭斋路本身就有名头并代表着当地厚重文化。欧阳玄，字原功，号圭斋，浏阳人，宋欧阳修之后。延祐间举进士第，任太平路芜湖县尹。致和元年（1328），除翰林待制兼国史院编修官。文宗时，参与纂修《经世大典》。顺帝时，修宋、辽、金三史，为总裁官，官至翰林学士承旨。

接下来，该拜谒谭嗣同的专祠和故居。专祠位于浏阳的心脏，即浏阳千年县衙的右边，千年古刹"问津古寺"的左边。参观专祠，关键要读一读谭嗣同就义前题在监狱壁上的绝命诗："望门投止思张俭，忍死须臾待杜根。我自横刀向天笑，去留肝胆两昆仑。"回想他的身世与诗句，此诗是不是与文天祥"人生自古谁无死，留取丹心照汗青"异曲同工？谭嗣同本可以逃匿而不死，他偏用自己的人头与鲜血唤醒沉睡的民族。

之后，可以驱车去中和镇，参观位于苍坊村溪河畔狮子山上的名人故居。此处屋前有龟蛇山捍卫着，始建于清咸丰年间，由胡中泮兴建，号"泮公享堂"。房间一副"品高不染尘，屋矮能容月"的对联，耐人寻味。

浏阳还有大名鼎鼎红莲寺，元末明初曾被朱元璋派兵烧毁，前几年得以重建。游人可在公园内小憩几日，这里既是避暑胜地，也是传说中龙树菩萨的道场，夏天不超过 27 摄氏度，更是天然的氧吧。"待到山花烂漫时"，你可以欣赏满山遍野的杜鹃花，更可以在"丛中笑"。

提到杜鹃花，你可否想起伟人"为有牺牲多壮志，敢教日月换新天""指点江山，激扬文字"等诗词的豪迈、耳熟能详的《浏阳河》歌曲的嘹亮，以及岳麓书院对联"惟楚有材，于斯为盛"的大气、霸气呢？

还有几处，你也得去：一是青阳山坳的南岳行宫；二是古老的城隍庙；三是陈继武大师的菊花石雕馆；四是传说中药王孙思邈

修仙地——升冲观；五是"星星之火"燎原地——文家市；六是
清新的道吾山。说到道吾山，忽然想起"道人之过易，看己之过
难"……

浏阳狮子山

浏阳东部狮子山，传说起源于盘古开天辟地，神似一头仰天长啸的狮子雄卧于浏阳河畔，故名狮子山。传说，女娲娘娘为民造福、取凡间之土补天时，落下一块石头坠于狮子山山顶，九九八十一天后停止发光，石面露出如同棋盘的纹理。后来，有一位叫王生的读书人驾一叶竹排自浏阳河顺流而下，行至狮子山时被其神秘风光吸引，乃弃竹排上山，在山顶遇到仙人下棋，津津有味。今狮子山顶仍遗留一块棋盘石。狮子山位于原豆田与小水岭的交界处，还有一个神奇的传说，吕洞宾云游至此地，看到庄稼被野兽损坏，便用手中宝剑施法，生出来一座形似雄狮的石山将野兽镇住。该石山就是狮子山。

早在 20 世纪 30 年代，革命烈火风起云涌。在中国共产党的领导下，1930 年 4 月 12 日，浏阳市七宝山乡狮子山庙，第一届浏阳县苏维埃政府成立。狮子山庙留下老一辈无产阶级革命家的足迹。该会址于 1962 年被列为县文物保护单位，现在狮子山庙已被开辟为爱国主义教育基地。

去年的一天，我专程参观狮子山爱国主义教育基地，追寻革命先辈在狮子山革命活动的历史足迹。

狮子山仙人庙乃陈大真人庙和杨孝子庙的合称。陈大真人庙原为石崖真人殿，始建于清光绪十四年（1888），后又于光绪二十三年（1897）再建杨孝子庙。

除此之外，浏阳狮子山村附近还有名人故居和大围山、秋收起义文家市会师旧址纪念馆、道吾山、浏阳文华书院（里仁学校）、新算学馆旧址——奎文阁等旅游景点，有浏阳黑山羊、浏阳金橘、浏阳烟花、大围山梨、浏阳蒸菜、天岩寨柑橘等特产，有长沙花鼓戏（浏阳）、浏阳河酒制作技艺、浏阳花炮制作技艺、浏阳文庙祭孔古乐、长沙花鼓戏（浏阳）等民俗文化。

特别值得一提的是浏阳烟花和大名鼎鼎的中国（浏阳）国际花炮文化节。观看浏阳花炮文化节，可以用"远赴人间惊鸿安，一睹人间盛世颜"诗句来形容。

如果
绽放的烟花
是写在天空最美丽的浪漫
那么
观看中国（浏阳）国际花炮文化节
便是欣赏
天空上最美丽的"诗与远方"
可以感受
绚丽多彩的铿锵
一种燃烧自己

照亮人间的伟大与奉献

如果
李畋的花炮
是唐朝发明的驱邪治疫神器
那么
相约千年古城浏阳烟花天空秀
便是传承
历史上最璀璨的"梦与神奇"
可以领略
中华民族的智慧
一种旷世奇观
赋予世界的磅礴与震撼

绽放在天空上的精彩

浏阳是一个神奇的地方，她有个高端、大气、上档次的剧院，估计全球独有，名贯四海，号称"天空剧院"。其卓尔不群在于剧院不仅可以观看地面的表演，更可观看独一无二的视觉盛宴——空中表演。天空剧院位于浏阳市锦程大道 1 号，地处浏阳河畔。整个剧场外形宛如一只振翅高飞、色彩斑斓的蝴蝶。这里原来是浏阳花炮观礼台，整体分为剧院区、河畔区、南北草坪区、广场区、内街区等。其中，剧院区可以容纳 9000 多名观众，以文旅焰火表演为核心，结合人文展示，极力打造"相邀浏阳河，周末赏焰火"品牌。

浏阳是一个传奇的地方，因流羊而得名，缘羊停驻而筑城，取《诗经》"浏其清矣"，"山南水北为阳"。浏阳乃湘东之古郡，华夏之名城，是举世闻名的花炮之乡。浏阳花炮始于唐盛于宋，至今已有 1400 多年历史，是国家级非物质文化遗产、中国国家地理标志产品。

对于这"一朵花"——烟花，历史上有许多赞美的诗词，比如辛弃疾《青玉案·元夕》："东风夜放花千树，更吹落，星如雨。"又如朱淑真《元夜》："火树银花触目红，揭天鼓吹闹春风。"

浏阳除"一朵花"之外，还有"一首歌""一条河""一块石"。

"一条河"为浏阳河，浏阳河霸气逆西流，赢了多少东逝水！浏阳河水霸气侧流，孕育文韬武略，引无数英雄竞折腰。烧红莲斩龙脉，岂可压制天地正气，扶摇直上；血洗浏阳赶尽杀绝，岂能阻挡热血浏水西去，浩浩汤汤！

"一块石"——菊花石，是"取日月之精华，吸天地之灵气"的天然稀世珍品，产于湖南浏阳大溪河底岩石层中。其"花"孕育于 2 亿多年前，因地质运动而自然形成于岩石中。其花形酷似异彩纷呈的秋菊，花呈乳白色，且纹理清晰、界限分明、神态逼真、玉洁晶莹、蔚为奇观。菊花石经千百年来世代石雕艺人巧夺天工的雕刻，便形成了一件件栩栩如生、形态各异的艺术珍品。

浏阳让人们想起这样诗句："远赴人间惊鸿宴，一睹人间盛世颜。"

改革开放以来，浏阳花炮更进一步产销全球。为宣传我国非物质文化遗产，浏阳自 1991 年 3 月开始举办两年一届的国际烟花节。第一届湖南国际烟花节在长沙举行。尽管那时候烟花燃放技术有限，但是数万发烟花射向天空，瞬间化作漫天花雨，光彩照人，呈给国内外嘉宾炫目盛宴，取得圆满成功。第二届中国（浏阳）国际花炮艺术节于产地浏阳举办。据《湖南日报》报道，在花炮之都的天上人间，灿烂的花海，悦耳的音乐，各式各样的宫灯，灿若群星，将花炮节推向高潮。

随着烟花设计、造型、制作工艺的日臻完善，以及烟花燃放技术的不断提升，每届烟花节推陈出新、精彩纷呈。第一届"中国宫灯红满天"；第二届"焰火表演上央视"；1998年第四届，电子点火首次亮相，以技术保障燃放安全；而2001年的第五届推出"烟花瀑布"，创造了吉尼斯世界纪录；第七届"融合世界文化"，将中国长城、埃及金字塔、悉尼歌剧院等移天缩地"整体搬移"到浏阳河的上空；第九届"点燃梦想，祝福祖国"，让万千观众热血沸腾；2011年第十届那一场烟花节，一条由焰火组成的长200米、宽30米、离地面30米的天上"浏阳河"时而激流奔腾，时而舒缓如歌，形成巨幅画卷——"美丽的浏阳河"，在空中缓缓展现，再创浏阳花炮世界吉尼斯世界纪录，从此写入人类史册。

在2023年11月3日举行的第十五届中国（浏阳）国际花炮文化节开幕式暨烟花艺术会演上，一幕幕绝美画面更是令人叹为观止——烟花"追光者"沿着浏阳河奔赴天空剧院，来到舞台上空点亮礼花弹，焰火逐渐呈现出"世界烟花看浏阳"的字样；一棵生命之树拔地而起，参天向上；蓝天如洗，大海无垠，一股股水柱从海水中喷涌而出，鲸鱼一跃而出；空中威亚与焰火层次叠加，舞者与烟花交相辉映……浏阳烟花，是绽放天空的精彩！

如果说，烟花是绽放在天空上的精彩，是浏阳的骄傲，那么，作为千年古县，浏阳更有历史、人文底蕴的十分厚重。正如我和宋立安写的《浏阳新赋》所描绘的："浏河西流，钟灵毓秀，龙盘虎踞，人才辈出。……"在沧桑大地崛起民族脊梁，为炎黄子孙铸就中华魂魄。

浏阳，缘人物而玄览，状精蕴以思纷。石霜寺庄严而显灵光，奎文阁清华以湛美意。大围山钟灵毓秀，明珠翡翠郁郁葱葱；古风洞幽幽邃邃，象形山鬼斧神工，玄奥天机；巨狮扰民惊动天仙，天子湾传说神龙见首，南岳圣帝驻跸青阳留行宫；江仙得道孝子感天，香火万年；城隍侯爷浩然正气，威震浏阳；浏阳河畔升冲观，药王孙思邈求仁修仙；欧阳玄高深莫测，难言其妙；娄师白意境清新，难画其神；红嘴相思鸟，婉转动听；珍品菊花石，栩栩如生。

千年古县，一河诗画；千年烟花，一鸣惊人。相信浏阳的人文、山水、烟花完全可以征服众多文人墨客。

重阳节登宝胜山遐想

福州市罗源县境内的宝胜山海拔 1003 米，不算罗源最高的山，却是最有名的山。有道是："天下名山半属僧""山不在高，有仙则名；水不在深，有龙则灵。"一点儿不假。事实上，这里有大名鼎鼎的千年古刹——宝胜寺和"东南第一龙"的龙王殿，以及正在建设中的凤鸣东南书院，是一个儒释道三教合一的圣境。

宝胜寺始建于唐开成二年（837），是名副其实的千年古刹、祖师道场。宝胜寺地处福州与宁德交界处的罗源县中房镇，位于海拔 700 米左右宝胜山之心脏，整个寺院布局完整：大雄宝殿、观音殿、天王殿、楞严坛、伽蓝殿和祖师殿，以及露天地藏王菩萨圣像等。大家知道，福建素有"人人观世音，家家阿弥陀"美称，虔诚信仰儒释道三教的人数众多。记得普陀山和尚说，每天下午来自福建泉州、福州、厦门等地的飞机上大多是专程到普陀山礼佛的福建人。尽管福建厦门有南普陀，泉州有南少林、开元寺，福州有鼓山涌泉寺、西禅寺，还有莆田的广化寺，特别需要一提的是闻名遐迩的宁德支提山，天冠菩萨的根本道场，等等。

就宝胜寺而言，素有著名八景，一年四季吸引着许许多多善男信女和游客，包括九月九重阳节喜爱登高、登山的游客。而宝胜寺更是登临宝胜山必经之路……

我们回到宋朝理宗御封龙王以及龙王殿。相传，同治年间，龙王曾为当地举人林占梅先生建房而用山洪运木材。特别神奇的是，龙王菩萨现老者身，出席陈氏乡村祖厝上梁喜宴。宴席上，龙王赠送的"凤毛凌汉斗，龙角祭风云"对联流传至今，是活灵活现的神奇传说。

1256 年，传说曾担任宁德主簿后因求龙王菩萨护佑并升任右宰相的丁大全，为感恩答谢百丈龙，故而奏请宋理宗皇帝御封百丈龙为王。之后，清同治九年（1870），宁德知县黄国培题写"灵昭昭也"并雕刻石碑，以向龙王答谢祈雨之灵验。由丁大全撰写的中国名联，留下了回味无穷的历史记忆。

《楹联续话》之"故事"载："宁德主簿丁大全架石为亭，题联云：'龙从百丈潭中起，雨向九重天上来。'今亭址犹存。"又《福建通志》载："主簿丁大全，因旱，令人以银瓶乞水于百丈龙潭。取之得瓦瓶，民归告大全。疑之，复造银瓶躬往投之，又得瓦瓶。大全祝曰：'龙神有灵，吾后当显贵，幸示显异。'潭中果露龙爪。大全后登宰府，奏封龙王。"

机缘巧合，2022 年岁次壬寅，宝胜寺理事会决定在龙王得道之地开山辟地建设东南第一龙之龙王殿。壬寅五月初十日动土，十月初二日立柱，十月十六日上梁，十一月二十二日揭牌，十二月十三日落成暨龙王菩萨安座开光。

《东南第一龙王殿记》载，龙王殿同时供奉着文昌帝君和文财神比干，三位神祇适壬寅年壬子月壬戌日壬寅时举行开光盛典。

特别有意思的是，宝胜龙王殿建址，乃千百年留题留地牛眠大地，为宝胜山之心脏宝地，更是福州、宁德多县形成的莲花之花心儿，宝胜山巅峰之处有巨石似印章，谓之真龙驮印。

五县拱卫宝胜山，千年古刹在其间。
千秋风云人未识，群峰对峙成重关。

值得称奇的是，宝胜寺禅师古墓铭文留题称：龙王殿"乃牛眠之穴也"。机缘巧合，在龙王殿址右后肩处挖出了巨石"神牛"头像，牛腹之下流出"龙泉"。龙泉水长年不断，清冽甘甜。

我重阳节登宝胜山，被这些神奇传说深深吸引，站在宝胜山巅峰，也就是站在巨石玉印之上，环视周边福州、宁德之山形成的莲花花瓣形状，胸中自然翻腾着林则徐先生"海到无边天作岸，山登极顶我为峰"诗句的豪迈。这一瞬间，一路的跋涉与艰辛都是微不足道的。这一时刻，您会自然掏出手机360度环拍周围的莲花花瓣。这一时刻，更可领略"会当凌绝顶，一览众山小"的气势与玉树临风的飘逸，还会联想到诗句"宝胜心脏固龙基，九霄云外挽朝夕""腾云驾雾呈风雨，慈悲喜舍化吉祥"，是不是感觉回味无穷和人生值得？

中华文化天地同耀，千年古刹注定神奇与不朽并存，注定给人以身体与心灵双重升华。

宝胜寺有着光荣教书育人的优秀传统，历史上宝胜寺书院培养了许多人才，包括解元在内的进士和举人有两位数。我们知道，福建是盛产进士的省份之一，考取状元人数也是名列全国第四。科举制度下的进士，每届全国三甲也不过一百多人。换言之，大约 15 至 20 个县会出一位进士。值得一提的是，中房镇的林家村一地就涌现出 18 位进士和举人，林家祠堂前就耸立 36 根旗杆，可见，"福建无林不开榜"之说名不虚传。当然，这肯定有宝胜寺书院的贡献。

除佛诞、观音诞等佛教盛大节日之外，农历二月二和农历六月十一日"龙三诞"，宝胜寺每年都会举办精彩纷呈的庆祝活动，遍布神州大地的大德檀越、善男信女前来拜会，热闹非凡，共同祈福祝愿风调雨顺，五谷丰登，太平盛世，国泰民安。

古城阆中游记

　　中国古城阆中，四城首推，久负盛名。其地钟灵毓秀，千年人才辈出。因地处战略要塞，三国时期，张飞驻守于此，唐朝时期，四大亲王镇守于此。因鬼斧神工、天地造化，嘉陵江在阆中段自然形成一个太极圈。传说阆中深为唐朝国师袁天罡、李淳风所爱，不仅斩龙于斯，"金针铜钱定龙穴"于斯，而且，终极归宿于斯。

　　癸卯深秋桑落，退休初游，首选古城阆中，飞重庆逆江上阆中。下榻阆中书院和本源堂，入骚人墨客和旅游大军队伍。闲暇徜徉阆苑大街小巷，在双栅子街上中天楼前，邂逅鹏城同事晤数言，均是休后游历名城，英雄所见略同。看来偕妻起大早，历三个时辰纵横四千里，日夜兼程，不虚此行。事实上，我神往已久，曾作《阆中赞》：

　　　　负阴抱阳的神奇
　　　　袁李斩龙的传说

天人合一的和谐
古今传承的美丽

千年不老的古域秘密
川流不息的嘉陵波涛
蟠龙山奇天宫院威灵
中天楼巍峨地理第一

江山多娇人才辈出
文人墨客群贤毕至
大佛寺里晨钟暮鼓
状元坊下熙熙攘攘

　　在阆中大街小巷漫步，我们走马观花地游览了大名鼎鼎的中天楼和状元坊。中天楼又名四牌楼，唐朝袁天罡规划建设。南北西东四处高悬的"中天楼"，分别由四大书法家苏轼、颜真卿、米芾和邵秉仁书写，甚为壮观。进入中天楼，抬头可观望天花板中心的太极图与天空二十八星宿的方位。二楼供奉着手执先天八卦的人文始祖伏羲像。上三楼则居高临下，是观赏阆中古城的最佳地。

　　看到二十八星宿，就想到中国古代流传下来的河图洛书。河图洛书和二十八星宿、黄道十二宫对照，它们有着密切联系。而河图洛书的来由，是中华文明史上的千古之谜。最早见于《尚书》，其次为《易传》之中，诸子百家多有记述。2014 年 11 月 11 日，河图洛书传说经国务院批准列入第四批国家级非物质文化遗产名录。

阆中古城山围四面，水绕三方，山水均呈蟠龙蜿蜒之势，中天楼为城池中心，取意"天心十道"。传说中天楼是洞天福地之"天帝藏书"处，被称为阆中"风水第一楼"。中天楼原本根据中天水法而建，十道水汇合成中天水而去，若以锦屏山作为中天楼的案台，中天楼则与阆中古城自然风光协调统一、无懈可击。

清代诗人金玉麟赞叹中天楼："泠然蹑级御长风，境判仙凡到半空。十丈栏杆三折上，万家灯火四围中。登临雅与良朋共，呼吸应知帝座通。"以应"天心之道"之喻。现在看来，如果中天楼取向锦屏山，那更将是一番美轮美奂的景象。

状元坊巍峨耸立，牌坊上镌刻着阆中4位状元的大名，内有唐朝尹枢、尹极兄弟状元，宋朝陈尧叟、陈尧咨兄弟状元。在中国科举制度1300年中，四川共出19名状元，仅阆中1县4位，占1/5强。我想，这应该与阆中人杰地灵、尊师重教的优良传统分不开。我也告诉导游，江苏、浙江、河南、福建、山东是全国状元大省，分别出状元60人、54人、37人、33人、30人。

特别有意思的是，尹枢71岁中状元，9年后病逝，是全国年龄最大的"古稀状元"，又是四川寿命最长的"长寿状元"。"二陈"状元则因为一文一武，以"文武兼备"而闻名；而他们的另一位弟兄陈尧佐，进士及第，官至宰相，又是诗人、书法家，更有"贤相"之誉，故而阆中市内有三陈街，即因此而命名。

阆中的状元洞，即陈氏兄弟状元的"读书岩"，位于大像山上，因北宋阆中人陈省华为避城市喧嚣，将其三个儿子陈尧叟、陈尧佐、陈尧咨安置在此读书而得名。后来，尧叟、尧咨高中状元，遂被人称为"状元洞"。大文豪苏轼赴京应试过阆中，因有感于陈氏一族能文能武，尧曳、尧佐官至宰相，尧咨善骑射，官至节度使，成为将军，故在读书岩上题写了"将相堂"三个字。

游览阆中，不能不提袁天罡、李淳风大师斩龙故事：唐贞观十五年（641），太白金星在白天接连出现。宫廷禁苑、街巷阡陌又谣传大唐三世而易其主。太宗召袁天罡以访其事。袁天罡曰："臣观天象，西南千里外，王气盛，其兆遂成。"帝曰："如何？"袁天罡曰："测步王气之所，毁其形，则王气自泄。"帝许。袁天罡自长安越秦岭入川，次隆州（阆中），察大小蟠龙山地带瑞气环绕，祥云升腾，为王气之源，令甲士于蟠龙山张家垭开山凿石，时山脉凿破水如赤血，流三年不止，由此隆州王气败泄，现留"断龙脉"遗址——锯山垭 20 米长、5 米深一个凹面。

袁天罡、李淳风因奉命寻龙、斩龙到此，斩龙之后，却深深热爱阆中这块风景宜人、钟灵毓秀的神奇大地，于是才有后来"金针铜钱定龙穴"的九龙捧圣"天宫院"，以及袁天罡墓和李淳风墓。

根据袁天罡故居图片介绍，阆中古城北面蟠龙山源自"华夏祖脉"昆仑山大巴山余脉，得嘉陵江水一路欢腾护送，于城北形成天然屏障，为城之靠山。城东西南之锦屏山、鳌峰山、黄华山、白塔山拱卫城池。嘉陵江水在城北玉台山沙溪场"入水口"之后，数条支流汇聚，状若"九龙朝圣"，偎城抱廊、绕古城三面，从蟠龙山东侧"出水口"，形成一个巨大的 U 形"玉带"，天然形成"丽水成垣"和"金城环抱"之势。

作为历史名城，阆中文化传统悠久。阆中城北之玉台山（玉台）、灵台山（灵台）、云台山（易台）是阆中上古王者和古萨满文化的三神台，类似于成都广汉三星堆的三神堆文化格局。传说这三神台是天地中央之象征，乃仙道之祖源，也是阆中上古华胥氏之国伏羲文化和萨满文化的反映。阆中《名城研究》载，秦汉时期，阆中城开始由玉台山下移，逐渐形成东蟠龙（左青龙）、西天河（右白虎）、南凤凰山（前朱雀）、北玉台山（后玄武）的四灵四象城市人居格局。

东汉张道陵于云台山创五斗米道后，便将玉台山作为神道道场。三国时，张鲁从汉中退守阆中，被曹操封阆中侯后，玉台山成为天师道的神道道场，阆风玉台成为象征道教三清圣境玉清天的神圣之所。张鲁降曹后，张鲁之侄张盛将阆中玉台山及云台山道教文脉带到江西龙虎山，阆中道教文化向江南传播。六朝清整道教后，形成了以"三清"为核心的道教神系，玄都玉京成为道教最神圣的祀神之地，玉台山也被赋予了更神圣的宗教文化内涵，为道教玉清天之象征，阆中阆苑成为天师道的祖庭神都。

阆中有七位地位显赫的历史名人，他们是"中华史母"华胥，"天文数学先驱"落下闳，"古稀状元"尹枢，培养、造就一门四进士的陈省华，以及范目和蒙家的蒙元亨、蒙应瑞将军。

在我来阆中之前和刚来阆中之际，看到大街小巷"张飞牛肉店"，我以为是侯爷张飞特别喜欢吃牛肉。事实上，阆中牛肉根本与张飞没有半毛钱关系。再说，三国时期，重视农业，国家禁止杀耕牛，张飞怎么会吃牛肉。这都是清朝一些人卖牛肉时的聪明"噱头"。

阆中滕王阁与南昌滕王阁一样，均为唐朝滕王李元婴所建。滕王是李渊之子、李世民之弟，贞观十三年（639），封滕王。李元婴在其山东滕州封邑骄奢淫逸，横征暴敛，大兴土木，民愤极大。李治只好将他贬为苏州刺史，后转任洪州（今江西南昌）都督。此时，他恶习依旧。永徽四年（653），他又选址赣江之滨，广聘能工巧匠，修起了一座高插云天的楼阁。这就是王勃笔下的滕王阁。唐高宗调露元年（679），李元婴改任隆州（今阆中）刺史。在山高皇帝远的阆中，他依然按宫苑的格局，在嘉陵江畔的玉台山腰建起了一处规模宏大的行宫。这就是杜甫诗篇中的阆中滕王阁。其实，这一调动是李治对他言行举止的又一次警告，但他依然骄奢放纵，并没把警告放在眼里。

据《舆地纪胜》记载，他一到阆中，就以"衙宇卑陋"为名，大修宫殿高楼，称"阆苑"，又在阆中玉台山建玉台观和滕王亭。在阆中五年，竟乐而忘归长安。

当然，因王勃《滕王阁序》名气实在太大，加上阆中滕王阁不能上楼观赏等缘故，所以，阆中滕王阁名气不如南昌滕王阁。

滕王阁因滕王而建，王勃《滕王阁序》和杜甫《滕王亭子》则因滕王阁而写，但对于我来说，更喜欢范仲淹真情流露的《岳阳楼记》。

喜欢，
王勃的《滕王阁序》，
因为它，
洒脱飘逸，
辞藻华丽。
从，
襟三江而带五湖，
控蛮荆而引瓯越。
到，

物华天宝，
龙光射牛斗之墟。
更有千秋华联，
落霞与孤鹜齐飞，
秋水共长天一色！
然而，
更喜欢，
范仲淹的《岳阳楼记》，
因为它，
深邃厚重，
忧国为民。
从，
不以物喜不以己悲，
到，
居庙堂之高则忧其民，
处江湖之远则忧其君。
特别有其流芳百世真情的流露，
先天下之忧而忧，
后天下之乐而乐。
这才是民族脊梁的典范，
是范家长盛不衰的根本所在。
于是才有了，
对横渠四句的赞叹：
为天地立心，
为生民立命，

为往圣继绝学，

为万世开太平。

有如此人文的积淀和独特地理风光，引无数英雄、风流人物、文人墨客游历阆中，自是理所当然的。其中，大文豪杜甫对阆中情有独钟。他先赞山后赞水，再赞楼最后赞亭子。其《阆山歌》："阆州城东灵山白，阆州城北玉台碧。松浮欲尽不尽云，江动将崩未崩石。那知根无鬼神会，已觉气与嵩华敌。中原格斗且未归，应结茅斋看青壁。"

一首赞山不够，又来第二首赞水，《阆水歌》："嘉陵江色何所似，石黛碧玉相因依。正怜日破浪花出，更复春从沙际归。巴童荡桨欹侧过，水鸡衔鱼来去飞。阆中胜事可肠断，阆州城南天下稀。"

这还不够，杜甫再来赞楼："巍巍千载镇江楼，阆苑风光一望收。绿水青山绕城郭，朱檐碧瓦卧江流。剑门浩气荣新市，巴岭雄魂铸古州。蜀汉胜迹今历历，凭栏阅尽几春秋。"说实在的，华光楼的确是阆中三城风光最佳的"制高点"，江城如画，尽收眼底，不愧为阆苑第一楼。

杜甫最后赞滕王阁，作《滕王亭子》。当年，杜甫来到阆中，上了滕王亭子就留了首诗。现在，人们用草书的形式将其刻在了墙面上："君王台榭枕巴山，万丈丹梯尚可攀。春日莺啼修竹里，仙家犬吠白云间。清江锦石伤心丽，嫩蕊浓花满目斑。人到于今歌出牧，来游此地不知还。"

可以想见，古时文人墨客游览胜地，用时、用力、用眼，更用心，岂是吾辈凡夫俗子，随大流走马观花，心直语快，人云亦云。有道是，读万卷书，不如行万里路；行万里路，不如用心感悟。

有人说，因为一个人爱上一座城；但于我，喜欢阆中，全是因阆中的山水、楼阁、地理与风光。

赫曦台上遥想

王勃的《滕王阁序》开篇写道："豫章故郡，洪都新府。星分翼轸，地接衡庐。襟三江而带五湖，控蛮荆而引瓯越。"其中，"星分翼轸"指的就是南昌对应的南方七宿的位置。同样地，长沙对应南方七宿的"星"的位置，所以长沙又名"星城"。如果说，南昌"物华天宝，龙光射牛斗之墟；人杰地灵，徐孺下陈蕃之榻。雄州雾列，俊采星驰"；那么，长沙则是"惟楚有材，于斯为盛"，星光熠熠，贻范古今。

长沙的贵气、霸气在岳麓山和岳麓山书院。山不在高，有仙则名。岳麓山是南岳衡山的第七十二峰，更是长沙之核心区。

宇宙即我心，我心即宇宙。细微至发梢，宏大至天地。世界、宇宙乃至万物皆为思维心力所驱使。博古观今，尤知人类之所以为世间万物之灵长，实为天地间心力最致力于进化者也。夫中华悠悠古国，人文始祖，之所以为文明正义道德之创始者，实为尘世诸国中最致力于人类与天地万物精神相互养塑者也。盖神州中华，之所以为地球优雅文明之发祥渊源，实为诸人种之最致力于人与社会、天地间公德良知依存共和之道者也。古中华历代先贤道法自然，文武兼备，运筹天下，何等之挥洒自如，何等之英杰伟伦。

我们知道，赫曦台位于岳麓书院右前端，"赫曦"为红日升起的意思，是一座纪念朱熹和张栻讲学交流的历史建筑。南宋时期，朱熹与张栻因共同的学术理念而结缘，在书院讨论学术还常常一起登山观景。一日清晨，朱熹看到日出时，激动地呼喊"赫曦"，于是，朱熹将山顶命名为"赫曦"。后来，张栻在原址建起戏台，朱熹题额"赫曦台"，以此纪念他们的交流和友谊。

赫曦台是典型的湖南地方戏台形制，前部单檐歇山与后部三间单层弓形硬山结合，青瓦顶，空花琉璃脊，弓形封火山墙，挑檐卷棚，呈凸形平面，前后开敞，可登石阶而上。1790年，山长罗典在书院大门前坪建一台，曰前亭，又名前台。1821年，山长欧阳厚均发现赫曦台原碑刻，为存朱熹故迹，改前亭名回"赫曦台"。

遥想当年，朱熹清晨站在赫曦台上，眺望长沙城。我在想，朱熹的心里到底是劝学还是寻芳："少年易老学难成，一寸光阴不可轻。未觉池塘春草梦，阶前梧叶已秋声。胜日寻芳泗水滨，无边光景一时新。等闲识得东风面，万紫千红总是春。"

遥想当年，张栻、朱熹、吕祖谦并称为"东南三贤"。三贤一起讲学，传为千古佳话。

张栻作为湖湘学派的集大成者，以长沙的岳麓书院、城南书院等为基地，培养了大批学者，让湖湘学派闻名全国。在政治上，他主张修德立政、用贤养民、选将练兵，以抗金复仇。他以儒家仁义思想教育百姓，行政有序，深受百姓爱戴。张栻还奏请皇帝免去严州百姓世代相沿的身丁钱捐，减轻了江南百姓的负担。

特别需要指出的是，张栻重视义利之辩，认为"出义则入利，去利则为善"，他的理学思想对宋代理学的发展起了促进作用。总之，张栻不仅在学术和教育领域有着卓越的贡献，还在政治上展现了其才能和远见。

当然，岳麓书院是中国历史上赫赫有名的四大书院之一，也是被广泛推崇而且没有争议的之一，其主要原因不仅仅是朱熹、张栻、王阳明等人在此主教过。

其实，岳麓书院、应天书院、白鹿洞书院和嵩阳书院能够并称四大书院，哪一个书院不是栋梁聚集、英才辈出？自宋朝以降，岳麓书院多次被定位理学正宗，原因之一在于中国两位半"三不朽"人物中，一位出自楚国湖南，一位在岳麓书院教书。原因之二，近代岳麓书院学生的名气太大了、影响太大了。

从史料看，这座静静的庭院实在是有这样的资本，单就清朝以来，书院便培养出了1.7万多名学生，其中代表人物有陶澍、魏源、曾国藩、左宗棠、郭嵩焘、唐才常、杨昌济、程潜等。

曾国藩与王阳明是有区别的，可以从他们的临终遗言领略一斑。曾国藩留下了12字墓志铭："不信书，信运气；公之言，告万世。"而王阳明则说："我心光明，亦复何言！"这大概也是圣人与半个圣人见地的区别吧！

我曾想，历史上的中国四大书院为华夏培养了多少国家脊梁、民族精英和仁人志士，做过多少贡献！很好地发挥了培养人才的巨大作用，培养了无数"为天地立心，为生民立命，为往圣继绝学，为万世开太平"的民族脊梁。

我进一步想，滚滚长江东逝水，浪花淘尽英雄，任何历史人物和历史古迹也只有其历史使命，而终究成了历史。而 21 世纪是中华民族伟大复兴的世纪，然而，曾经辉煌无比的中国四大书院早已成为历史。

在回忆历史、赞美历史的同时，我们更应该站在历史这个巨人肩膀之上，实事求是地思考历史、审视历史，进而创造历史。当然，现代的新书院应该有别于传统的书院，不仅仅是独尊儒家的书院，而是熔中华优秀传统文化以及借鉴世界一切优秀文化于一炉的与时俱进、实事求是的书院，并在"道、法、术、器"的高端，即在"道、法"层级，与现代大学的"术、器"层级相得益彰的新书院。

其实，我十分赞赏岳麓书院的"实事求是"匾。据说，此题字是当年宋真宗召见书院山长周式时御赐的，随后被镌刻制匾额悬挂在书院山门之上，明代又刻石嵌于岳麓书院的外门牌楼上。

7 月下旬的一天，我与管国庆、姜凌云一行拜会广东韶关东华禅寺方丈万行大和尚时，我说，在新的伟大时代，也就是中华民族伟大复兴新征程上，我们是否可以创办新的四大书院，比如灵山书院、东华书院等，以传授中华优秀传统文化为宗旨，为民族伟大复兴、为国家繁荣富强，以及中华优秀传统文化引领全人类走向大同、构建人类命运共同体，而培养真正的"为天地立心，为生民立命"的民族脊梁、人类精英……

畅游长沙

　　长沙的霸气，在于"湘江北去，橘子洲头"；长沙的贵气、大气，在于"惟楚有材，于斯为盛"的岳麓书院；长沙的灵气、秀气，在于马王堆汉墓。

　　橘子洲又称水陆洲，实为长沙城区湘江水域中的一个小岛，南北长 5 千米，东西宽约 100 米，因盛产美橘著称，所以得名橘子洲。20 世纪初期，外国人在这里修建了领事馆及公寓住所。如今，橘子洲已经旧貌换新颜，被打造成航母式内陆岛上人文公园，是一个大气、唯美的休闲场所，但又处处充满遐思历史的厚重元素。

　　长沙是我国历史文化名城，素有"屈贾之乡""楚汉名城""潇湘洙泗"之称。长沙有马王堆汉墓、四羊方尊、三国吴简，有岳麓书院、铜官窑，历史遗迹众多，更有经世致用、兼收并蓄的湖湘文化。

　　尤其是马王堆汉墓，昭示着湖湘文化的厚重。它位于长沙市芙蓉区东郊的浏阳河旁的马王堆乡，是西汉初期长沙国丞相轪侯利苍的家族墓地。1972年至1974年，经过先后三次考古发掘发现，其墓葬结构宏伟复杂，三座均为长方形竖穴，北侧有墓道，椁室构筑在墓坑底部，墓底和椁室周围塞满木炭和白膏泥，然后层层填土，夯实封固。马王堆汉墓的发现，为研究汉代初期埋葬制度、手工业和科技的发展及长沙国的历史、文化和社会生活等方面提供了重要资料。马王堆汉墓被列入第七批全国重点文物保护单位名单中，并被评为世界十大古墓稀世珍宝之一。

长沙是清末维新运动和旧民主主义革命策源地，也是新民主主义的发祥地。秋收起义如惊天动地的春雷，唤醒了千百万工农群众拿起武器同国民党反动派开展新的斗争。参加秋收起义的军事骨干力量，主要有国民革命军第二方面军总指挥部警卫团，平江、浏阳农军和安源的工人武装。在湘赣边界秋收起义的同时，湖北、江西、广东、江苏、河南等地也纷纷举行了武装暴动。"军叫工农革命，旗号镰刀斧头。匡庐一带不停留，要向潇湘直进。地主重重压迫，农民个个同仇。秋收时节暮云愁，霹雳一声暴动。"

人与人之间的区别，不重外表，而在言行，更在思想。事实也是如此，多少人被历史的汪洋大海湮没，无声无息，唯有胸怀苍生、悲悯天下者万古流芳。这正所谓"公者万古，私者一时"。更有跳梁小丑和人民罪人永远被钉在历史耻辱柱上。

夜游洛阳桥

"此地古称佛国，满街都是圣人。"原载于王阳明代表作《传习录》。相传，开元寺全盛时，有众数千，海内外硕德高僧，尝云集于此，故泉州素有"泉南佛国"之誉，这也是"古称佛国"之由来。

泉州古称"刺桐"，至今已有 1300 多年历史。宋元时期，泉州在繁荣的国际海洋贸易中蓬勃发展，成为各国商旅云集、多元文化交融的"东方第一大港"。那时候，泉州的地位类似今天的上海或者深圳，各国商人、旅行家和传教者经由海上丝绸之路来到泉州，"市井十洲人"共同促成了这座东方大港的繁荣。在这之后，他们的后裔今天依然生活在泉州这片土地上。古波斯、阿拉伯、印度和东南亚等外来文化，在泉州与中华文化交融，互鉴共存，成就了这座城市多元、开放、包容的特质。

2021 年 7 月 25 日，第 44 届世界遗产大会审议通过了中国"泉州：宋元中国的世界海洋商贸中心"申请项目。泉州被列入世界遗产名录，成为中国第 56 处世界遗产。10 世纪至 14 世纪产生并留存至今的一系列文化遗产，分布于以今天泉州城区为核心的泉州湾地区，包括九日山祈风石刻、市舶司遗址等22个遗产点。她展现了以泉州为代表的中国沿海地区人民坚韧不屈、顽强拼搏、勇于创新的精神，更是中华民族自强不息、合作共赢精神特质的体现。

世界遗产大会认为，"泉州：宋元中国的世界海洋商贸中心"反映了特定历史时期独特而杰出的港口城市空间结构，其所包含的22个遗产点涵盖了社会结构、行政制度、交通、生产和商贸诸多重要文化元素，共同促成泉州在10世纪至14世纪逐渐崛起并蓬勃发展，成为东亚和东南亚贸易网络的海上枢纽，对东亚和东南亚经济文化发展做出了巨大贡献。

泉州有着"世界宗教博物馆"之称，其宗教有道教、佛教、伊斯兰教、天主教、印度教、基督教、摩尼教和犹太教等诸多宗教。其历史悠久，史迹丰富，影响之广。

而自宋室南迁，全国政治中心转移，衣冠人物，萃于东南，泉州人才辈出，有宋一代，中进士的就有862人，可见人文之盛。

在22个遗产点中，不仅有宗教场所开元寺、天后宫、真武庙、文庙、老君岩造像，更有传为千年佳话的"洛阳桥"。说到洛阳桥，不能不说出生于福建的北宋名臣蔡襄。蔡襄是一位书法家、文学家、茶学家。他进及士第，为龙图阁直学士、枢密院直学士、翰林学士、三司使、端明殿学士等，出任福建路转运使，知泉州、福州、开封和杭州府事。昨晚，我在洛阳桥板石雕厂吴总陪同下，夜游洛阳桥，对其印象更加深刻。作为中国四大名桥之一的洛阳桥，共有45个桥墩，总长731米，宽4.5米，绝非徒有虚名，她的建造所首创的"筏型基础、浮运架梁、养蛎固基"代表着当时中国最先进的造桥技术。当然，更有99条水汇流洛江的传说。

蔡襄为官正直：在福州时，去民间蛊害；在泉州时，与卢锡共同主持建造万安桥，也就是洛阳桥。传说，蔡襄母亲发愿，蔡襄设法建造，并在当地千古传颂。蔡襄任福建路转运使时，倡植福州至漳州七百里驿道松，在建州时，主持制作北苑贡茶"小龙团"。所著《茶录》总结了古代制茶、品茶的经验，而《荔枝谱》则被称赞为"世界上第一部果树分类学著作"。其诗文清妙，书法浑厚端庄，淳淡婉美，自成一体，为"宋四家"之一，有《蔡忠惠公全集》传世。

曾经的"东方第一大港"，今日成了世界遗产，历史沧桑令人感叹。

杭州苏堤之上的遥想

为讴歌新时代，抒写祖国大好河山，弘扬中国文化主旋律，由中华作家网等主办的第二届中国文化传承与发展高峰论坛暨杭州颁奖大会于 2023 年 12 月 23 日至 25 日在杭州成功举办。我荣幸地与来自全国各地和法国的获奖者共 40 多名作家一道出席了此次盛会。

12 月 24 日，我们乘船游览了杭州西湖三潭印月、花港观鱼和雷峰塔等知名景区，其间举办了"2023 西湖新浪潮诗会"和"全国作家庆亚运·新时代新篇章新作为·民族复兴路主题演讲会"采风创作活动，通过现场创作、朗诵、演讲等丰富多彩的艺术体验形式，激发了作家们的创作热情。

游览了西子湖，虽是故地重游，但与才华横溢的文人墨客一道采风、吟诗，还是我平生第一次，一路充满欢声笑语、诗情画意，印象十分深刻。无论是坐着红船上岛，还是漫步在苏堤上，人们自然想起苏轼那脍炙人口的诗句："水光潋滟晴方好，山色空蒙雨亦奇。欲把西湖比西子，淡妆浓抹总相宜。"

苏轼因反对王安石变法，被贬知杭州；但可以说，苏轼因祸得福。他既可以尽情享受人间天堂美景之福，又可以通过久住其地了解民情民俗，可以与之赋诗唱和。更重要的是，他为杭州、为华夏留下了很多重要的、让世代为之倾倒的文化与物质遗产。

我们知道，苏堤因苏轼得名，是苏轼主持修建的一条堤坝。旧称苏公堤，是一条贯通西湖南北的林荫大道，全长 2797 米。现在是许多游客和大多本地人饭后散步锻炼的好去处。

遥想当年，苏轼被贬到杭州担任通判，看到西湖湖泥淤塞，白瞎了西湖一片好风光。于是，他就想效仿先辈白居易疏浚西湖。并让人们把这些淤泥葑草堆成了一条长长的堤坝，因此，西湖两岸就贯通了。如今，苏堤春晓已是著名的西湖十景之一，每年都有无数游客前往，是一个重要的景点。

我们知道，苏轼是充满传奇色彩的官员和大文豪，而西湖自古以来就是中国美景之一。苏轼与西湖之间的故事自然是让人津津乐道的。

苏轼对杭州情有独钟，他不仅喜欢这里的山水，更爱上了这里的人情。在他到达杭州上任的当天，就下令打通灵隐寺和孤山之间的道路，让民众出行更加方便。在他游西湖时，他会与当地居民交流，探访当地的生活、文化和习俗。苏轼这种做法，无疑收获了无数的人气和好评。

说到苏轼，我们不能不提中国文学史上大名鼎鼎、如雷贯耳的"三苏"。三苏即苏洵及其两个儿子苏轼和苏辙，唐宋八大家，苏氏居三，对后世产生了深远的影响。三苏的称号不仅是对他们个人的赞誉，更是对他们家庭文化传统的肯定。

有人这样高度概括和评价三苏：苏洵"纵横奇才名动天下"，

其子苏轼和苏辙则分别是"文垂万世英名千古"和"胸怀坦荡悉心辅政"。

苏洵,号老泉,是北宋著名的文学家和政治家。苏洵长于散文,尤其擅长政论,议论明畅,笔势雄健。苏洵的作品包括《嘉祐集》等。苏轼,号东坡居士,是北宋著名的文学家、画家、书法家,以其独特的文学才华和多样的艺术才能,被誉为全才。苏轼的作品集,如《东坡七集》《东坡乐府》等,至今仍广为流传。苏辙,晚号颍滨遗老,是北宋著名的文学家、宰相。

苏洵与王安石同朝为官,但苏洵与王安石政见不同,就在王安石声名鹊起如日中天之时,苏洵则对王安石评价极低。苏轼也因反对王安石变法被贬。这里暂且不论王安石变法对错,以及苏洵对其评论的对错,我只是对于王安石那句"天变不足畏、祖宗不足法、人言不足恤"深不以为然。

就我片面理解与管见:天变不足畏,就是毫无敬畏,意味着可以无法无天、为所欲为;祖宗不足法,就是传统无须传承,意味着可以全面否认中华优秀传统文化;人言不足恤,就是刚愎自用,意味着不听群众呼声,不顾人民死活。

12月25日上午,第二届中国文化传承与发展高峰论坛暨杭州颁奖大会在G20峰会主会场杭州国际博览中心隆重召开。作为获奖者,我十分荣幸地接受了李中华颁发的奖杯和荣誉证书。

上饶灵山游记

7月9日，我们一行专程到福建，品尝到了各具特色的福建等地茶品。"雪液清甘涨井泉，自携茶灶就烹煎。一毫无复关心事，不枉人间住百年。"想起陆游《雪后煎茶》中那超脱世俗、闲适自在的生活态度，我们似乎也乐在其中。

作为土生土长于号称"有福之州"的福州人，福州的文化积淀和历史名人让我颇感自豪。我曾三次到福州授课交流，其中两次在福建省委党校中青班，一次是平潭试验区干部大讲堂。因为面对福建优秀的年轻干部和改革最前沿的平潭干部，所以我会不厌其烦地提到两位名人的名言："苟利国家生死以，岂因祸福避趋之。""功成不必在我，功成必定有我。"我的意思是，对于干部，在基本条件相当的情况，一个人的最终成就在于其格局和器识。个人认为，有些干部无所成就，是因为他的格局小、为自己打算多。

下午，我们冒着火辣辣的太阳前往江西上饶。福州、上饶两地对我们的欢迎都可谓热情似火。

在上饶站下了动车，我们直接奔赴向往已久的灵山胜境。尽管江西有大名鼎鼎的龙虎山、三清山、井冈山、庐山，但是作为天下第三十三福地、国家 AAAA 级景区的灵山，我们岂能小觑！我们知道，洞天福地是我国道家名山胜地，全中国共有三十六洞天、七十二福地，是指神道居住的名山胜地。洞天福地的说法大致起源于晋代。唐杜光庭《洞天福地记》详细列出了各洞天福地。而上饶的灵山排在鹰潭龙虎山之后、广东罗浮山之前。

灵山地处上饶市广信区北部，是道、佛二教圣地，道教书列天下第三十三福地。上饶灵山，千岩万壑、巍然屹立；众山拱卫，酷似星月。形如美人侧卧，魂如巨龙盘山。有如鲲鹏展翅，搏击长空，又似万马奔腾，回旋大地。天地造化，鬼斧神工，神韵灵活，气势磅礴，美轮美奂，无与伦比。上饶灵山，七十二峰，峰相挺秀，或屹于绝巅，或孤于绝壁，或堆于山谷，或融于田野。亿万积淀，千姿百态，既造就了清新、温柔之美，又造就了雄伟、巍峨之魄。历代名人王安石、辛弃疾、韩元吉等对灵山多有赞美，现代文学家冯雪峰 1941 年曾作《灵山歌》抒发胸臆。而宋朝的杨万里诗赞灵山："展成青步障，敛作碧芙蓉。变态百千样，尖新三两峰。远看方更好，还隔翠云重。"

山不在高，有仙则名。灵山之灵从何来？为何被道家书列第三十三福地？据传，天地有灵山，灵山蕴灵脉，灵脉生灵气。史载："降魔伏虎，祛病消灾，涝年防洪，旱岁施雨，有求必应，是为灵山。"清版《灵山遗爱录》辑有"灵应篇"，记述了灵山神美而灵异的故事。

相传胡超一出生就异于常人，自幼好学，博古通今，遁迹不仕。常遨游名山大川，访道求仙，后随伯父胡昭南下隐于灵山拥笔峰修炼。后得一异人传授，精岐黄之术、辟谷之法。

胡超在灵山练就灭祟之法，有回生丹药，是当时名震天下的一代神医。又传胡超行诸奇法、肉身成仙，常常飘忽不定，不知其踪。265 年，晋武帝太子奇疾不愈，帝召天下良医，超往治之，手到病除。帝问超曰："神医何方人氏？"超答曰："吾乃信州灵山北拥笔峰人胡超也。"言毕，腾空而去。晋武帝感其救太子之功，遂封胡超为"胡公真人"。1112 年，宋太子疾，召良医。忽一道士赴金阙中，圣上问其事由，道士曰："贫道居江南信州灵山拥笔山。"奏讫，留下一丹，腾空而去。太子服用，豁然病愈。帝甚高兴曰："果真仙医也！"圣上遣使下诏赐封胡超为"玄坛紫垣洞真天师胡真人"，封拥笔山为"道士仙峰"。道士仙峰一名沿用至今。

因此，灵山又称灵应山，《广信府志》称之为"信之镇山"，是上饶的"圣山"。唐《云典》记载，灵山共有宫观、殿宇 99 座，其中尤以石人殿历经 1800 年之久长盛不衰，闻名于省内外。明朝大学士夏言曾为石人殿题写了"秀水奇山信郡无双福地，佑民护国江南第一名神"的名联。

坐乘缆车上下，我们可以飞快地浏览灵山的竹海、花海、石海和云海。走在栈道上，千奇百怪的灵石形象逼真，遐想空间巨大——猫头鹰、小象戏松、雄霸天下、金龟望月、双鱼对嘴、龟蛇合体、灵鼠盗仙桃，等等。这样神奇的自然景观，通过介绍木牌，让我们一眼就能看出。

作为道、佛两教圣地，除石人殿外，山上多少缺少了一些香火鼎盛的道教宫殿和佛教寺院。当然，李书记给我们介绍了灵山发展的"宏伟蓝图"。于是，我自告奋勇："今后灵山道、佛文化场所规划、建设，若有缘，我愿意参与建议。"那是因为，站在灵山的栈道之上，不仅没有三伏天酷暑的感觉，甚至还有一些凉意。特别是在灵山的"天空之镜"上，我拍了一张"指点江山、激扬文字"的照片，感觉良好。

东海钟山赋

　　东海之滨有曰钟山，雄踞龙山东麓，位栖凤湾之西，遥望美国西海岸。前有凤山飞翔，霞岛远朝，西洋依稀可见。江浙南流，闽台北上，交融于前，汇千山万水，融聚东海，东极太平洋。

　　栖凤湾内，狮象弄影，笔耸玺浮，龟对蛇峙，牛卧马蹲，阴阳交错，关锁重重，七水朝堂，方圆有致。

　　登临钟山，无车马之喧，有奇瑰之景；一湾碧水，涛声隐约，清风可饮。醉山色，叹古今，其乐陶陶，其情欣欣。如若李太白尚在，敢无厚羡之情？

　　树耸山间，郁郁葱葱，四季常青，花繁满树，夭夭灼灼；千蝶飞舞，百鸟吟唱，山富芳草之鲜美，地耀落英之缤纷；春华秋月，夏岚冬雪，紫杉郁郁，丹桂芬芬，香樟清爽兮夜来香温馨。赏奇花珍木，感彻肺腑，闻清香几缕，沁透心脾，六时溢香，芬芳馥郁兮精美海山。倘若陶令在世，亦流连忘返也。

　　俯瞰栖凤湾，日观千潮澎湃，夜赏万灯闪烁；游玩印屿，观赏笔架，夕阳熠熠，海浪沙滩，游人欢愉，老少皆宜。潮起潮落兮惊涛拍岸，云水笼烟兮云卷云舒，海鸥点点，喧声响遏行云，游子搏浪，意气浩振九霄。善哉！斯水斯山有乐如此耳！

极目海天，群山含碧，近树扶疏；东海浩渺，栖霞万里；云蒸霞蔚，气象万千。大洋无垠，天边作岸。白云与雪鹭齐飞，碧海共长天一色。海上明月兮千里共婵娟，风起云涌兮任凭风浪起。清幽明月布江山，喷薄红日染海洋。今夕何夕兮壮美时光！

仁者乐山，智者乐水，山高水长兮流风甚美！钟山苍苍，东海浩浩，钟灵毓秀，龙盘虎踞，山海壮美，泱泱兮养天地之正气；碧水九曲，群山长青，江海洋流，昂昂兮结青云之志！

从来人才辈出，群贤毕至，状元、尚书、士绅、贤达皆为山川孕育，少年英俊，淑女窈窕。其意气一何绰绰兮，彼神采一何风流！斯地斯人，无乃物华天宝，人杰地灵哉！

呜呼！有山美如斯，有水秀如斯，有人风流如斯山，无仙亦名耳！居中陶然，快不可言，欣然命笔，为赋东海钟山也！

钟鼎论道

2020 年，岁在庚子，中秋佳节，会于福州钟山之明泽庄，煮茶论道，把酒当歌也。

巨岩如钟，名为钟山，闻名遐迩。山不在高，有庄则显；水不在深，有灵则清。狮昂坪地，神气频催，天地造化。狮出象入，出将入相；龟对蛇峙，富贵双全。

礁屿似印，是谓金印，州府地标。水浮玺印，才华横溢；赤蛇缠绕，文章盖世。石如笔架，惟妙惟肖，鬼斧神工。山川贵象，钟灵毓秀；笔耸玺浮，文韬武略。

八九挚友，少长咸集。此虽无崇山峻岭，但群山环抱茂林修竹，更有湛蓝的栖凤湾、浩瀚无垠东海。惊涛拍岸，心潮澎湃；气象万千，心旷神怡。

登临钟山：沿途曲径通幽，欢歌笑语。抵钟鼎，观海波，居高临下；列其次，醉山色，清风可饮。虽无管弦之乐，粗茶淡饭，畅所欲言，亦足以畅叙幽情。

龙泉甘洌，清茶淡雅；山珍海味，美酒飘香。阳光沙滩，海上明月；游子搏浪，风花雪月。朝迎红日，夕候金滩；云蒸霞蔚，流连忘返。

是日也，天高云淡，惠风和畅。仰观宇宙之大，云舒云卷，奥妙无穷；俯瞰大洋之广，海天一色，天边作岸。以游目而骋怀，身临其境；观海江湖远，听涛天地宽。

阳光惊梦

我的老家十分偏僻，是很"山"很"山"那种，离罗源县城20多千米，被群山环抱；又是很"海"很"海"那种，面向东海，直望太平洋。如果地球是平的，站在家门口就可以看到美国西海岸。

直至2014年春，家乡才通了简易土面公路，在此之前，要么靠翻山越岭步行90到120分钟，要么乘船30至50分钟到达。

家乡的路是本地村民自谋生路修的，靠本村集资和朋友捐助筹集百万元，硬把九曲溪边上的岩石开炸成路。因为老乡自己简易测量不太准确，所以有一小段坡度大，比较陡。好在228国道罗源段隧道已经打通，老乡看到希望，修的是双向四车道宽的国道，连接福州罗源宁德，终于于2019年初隧道验收通车，之后，2024年1月，连接家乡长3千米、宽7.5米的村路也终于通车了。

这样，从福州、长乐机场、罗源高铁站到家乡时间分别是60、70、20多分钟。

我们家乡有三个龙潭，淡水资源丰富，而且优质；不过，我们也担心开炸修路会不会影响龙潭及其水质，不过这种担心是多余的，家乡还有一个观音峡，取自观音峡的自来水水质一样是优质的。

福州是全国十大空气质量最好的城市之一，家乡又是福州空气最好的地方：这里三面环山，一面朝海，400平方千米之内没有任何污染源，即使福州市和罗源县上空的污染物，也无法在牛澳上空停留几分钟。

在这样的地方休养生息真是不错的选择。栖凤村当然有一个栖凤湾，海湾面积不太大，因海水平静而又清澈，倒像一个湖，大约有5平方千米。我写了一副对联："一湖秀水无限碧，四季群山总常青。"

在栖凤湾，你不仅可以观日出，看海上生明月，游沙滩，看游客，而且可以到印屿礁也就是老乡说的金印上游玩，还可以游览把水口的东龟屿、蛇口以及鬼斧神工的笔架石。

当然，栖凤村有很多神奇而又大气的山名：狮山、凤顶、钟山、牛山、马山、印屿礁、笔架石、东龟屿、蛇口、牛角湾，等等。其实，栖凤村像一只硕大的凤凰，虽说小家碧玉，但也算钟灵毓秀、人杰地灵，出过各种人才。

面向大海，我们不仅可以听涛，可以"朝迎红日冉，夕候金滩现"，而且可以"日观千潮澎湃，夜赏万灯闪烁"，可以"观海江湖远，听涛天地宽"。

更有趣的是，如果你不喜欢拉窗帘而睡，那你就可以"卧看东海风浪小，仰望苍穹乾坤大"；尤其在清晨时分，除"翠鸟欢歌催早起"之外，更是一日照梦，阳光惊梦。

梦里水乡

在中国东南沿海漫长的海岸线上，在福州东北端的东海之滨，在中国十大海滩之一的福建霞浦县对面，有一个名不见经传的小渔村叫栖凤村。一个仅仅750人的行政村，在2014年以前，由于偏僻不通公路，至今仍是一个原始、待在深闺人不识的纯真的"小家碧玉"。现在，228国道已经贯通，栖凤村终于迎来了春天。

栖凤湾，钟山下。

山青青，水蓝蓝。

海天一色，舒白云。

印屿浮，文笔耸。

鱼儿跳，海鸥翔。

浪拍海岸，卷千雪。

栖凤湾，钟山下。

天苍苍，海茫茫。

天似穹庐，笼四野。

绿龟守，青蛇峙。

夕阳熠，沙滩赤。

艇越海湾，翻百浪。

栖凤村土地面积近 2 万亩，海域面积 3000 多亩，沙滩面积达 1000 多亩；有充足的优质淡水资源、福州地区最优质空气、无污染的土壤、野生海产品、山珍野味、野菜野果。

首先，参观耸立海边岩石上的东海观音。接着，你可参观忠烈尊王宫，这是文武双全的卢尚书的祖屋，后经老乡改建成为庙宇，供奉忠烈尊王。再参观海神天后宫、大圣宫。

其次，你要坐上快艇，在真海似湖的"栖凤湖"里飞驰一番。之后，必须登上福州市地标之一的印屿礁。印屿礁因形如印章而得名，位于罗源县海域，并明确东经北纬的度数。老乡称之为金印，大体是圆形，直径 70 米左右。接下来，我们去参观东龟屿。据说，此龟专为牛澳把水口，特别有意思的是，青色龟屿相对的有赤色蛇头山，呈龟蛇把水口之势。当然，还有一个神奇石头名叫笔架石，这与印屿礁配套，其实这里还有狮象，真可谓鬼斧神工天地造化。

最后，来到古朴的渔村，坐在古老石板长凳上，听一听老乡的传说：小小栖凤村，曾经出了尚书、状元、高官、士绅。据说，大名鼎鼎的卢尚书祖坟就在凤鼻山上。

你还得在周边走一走，在 10 千米半径之内，若此，你要先参观千年神奇古刹匹岩寺，然后参观新建佛光寺景区。特别值得一提的景点是由净空法师题写的、高 118 米左右的天下第一佛（字），乾隆在匹岩寺的御诗，匹岩巨大奇岩，倒长匹岩底下状如盘香并垂直悬挂三大士座前的千年古藤，鲤鱼朝佛……

你若在栖凤村过夜，请你早些起床，一定要看一看东海的日出或者满天的朝霞；若逢上十五、十六夜，你还可以在大沙滩上赞叹"海上生明月，天涯共此时"盛景。当然，除了阴雨天，你可以在这里野炊、烧烤，更可以在栖凤数星星。在这里，你可免费欣赏四景：朝迎红日冉，夕候金滩浮，日观千潮湃，夜赏万灯烁。老乡的打油诗也不错，比如什么"惊涛拍岸又一晨""翠鸟欢歌催早起""唯有紫晖多朝霞""长听龙山吐清泉""卧看东海波浪小，仰望苍穹乾坤大"，等等。

在最明媚的季节
在最适当的地方
在最佳的视角
在最好的时分
与最对的人
一起看日出
令人神往
但却是可遇不可求

童年时候的日出
记忆已模糊
少年时候的日出
在清晨琅琅的书声里
大学时代新期盼的
名山大川的日出

在自己羞涩的钱包里
特别是
传说中泰山的日出
依稀在我的梦里
牵手恋人时候的日出
或许
是在名山大川的云雾里

东海之滨
观海听涛看日出
没有太多的车马劳顿
没有太多的崎岖艰辛
没有太多的山阻水隔
更没有太多云雾阻挠

海到无边天作岸
山登极顶人为峰
海天一色
日出东海
那一种长夜守候期盼黎明的坚定
那一种喷薄欲出光芒四射的豪迈
那一种霞光万里海疆尽染的壮丽
那一种君临天下云蒸霞蔚的辉煌
是否
一点儿也不逊色泰山的日出

是否

更多一些壮阔深远的震撼

尤其

在你梦醒的时分

　　最后，你一定要品尝野生黄花鱼、春子鱼、野生海蛎、笔架、鲍鱼、山珍、野菜……

再上井冈山

大约 20 年前，我第一次来井冈山。这一次，我再次来到井冈山，印象最深的是井冈山的标志物——"天下第一山"雕刻以及宽敞的四车道公路，还有满山的郁郁葱葱。

这次井冈山活动目标十分鲜明：以"学党史、悟思想、办实事、开新局"为主题，要传承红色基因，弘扬井冈山精神——坚定信念，艰苦奋斗；实事求是，敢闯新路；依靠群众，勇于胜利。其基本内涵：对革命理想信念的坚定不移和不懈追求，是井冈山精神的精髓；不唯书、不唯上，注重从实际出发，制定正确的政策和策略，勇于探索中国革命、军队建设和武装斗争的新路子，是井冈山精神的核心内容；为了人民的利益和革命的需要，勇于吃大苦、耐大劳，生命不息战斗不止，直至夺取胜利，是井冈山精神的重要内容；坚持走群众路线，全心全意为人民服务，是井冈山精神在人生观、价值观和道德情操上的具体体现。

我们知道，在地势险峻、经济落后的井冈山，中国共产党建立和恢复党的组织，团结改造地方武装，发展革命力量，建立工农兵政府，领导农民分配土地，经历两次重大挫折和近百次大小战斗，打退国民党军阀多次进攻，逐渐扩大革命根据地。井冈山革命根据地开辟了中国革命农村包围城市、武装夺取政权的光辉道路。

我们住在天兵府宾馆，早上 8∶30 开始有开班课，当然还有紧凑、丰富的教育活动。不知道这次能否吃上红米饭、南瓜汤。

今年，我们再上井冈山可谓恰逢其时。特别是朗读《水调歌头·重上井冈山》诗词，心中的感悟、肩上的责任、时代的要求，该有很深的触动和启发。她深深地触动了为人民谋幸福、为民族谋复兴的共产党人使命担当的那根弦，让我思绪穿越到战火纷飞、前赴后继的峥嵘岁月……

上饶灵山论道

2024 年，岁在甲辰，重阳佳节，登上饶灵山，咖啡屋内外，栈道当中，煮茶论道，把酒当歌也。

徐文海、李希东、林观洲等新朋老友，少长咸集，缆车飞上，然后结伴攀登。

灵山腰间，沿途栈道，曲径通幽，欢歌笑语。立"天空之镜"，观云海，居高临下；坐咖啡屋外，醉山色，清风可饮。虽无管弦之乐，但有方便食物，畅所欲言，亦足以纵横古今。

上饶灵山，道封卅三福地，位罗浮山之前，列龙虎山之后。灵山水秀山奇，信郡无双福地。有道是，天地有灵山，灵山蕴灵脉，灵脉生灵气。

上饶灵山，千岩万壑、巍然屹立；众山拱卫，酷似星月。形如美人侧卧，魂如巨龙盘山。有如鲲鹏展翅，搏击长空，又似万马奔腾，回旋大地。天地造化、鬼斧神工，神韵灵活、气势磅礴，美轮美奂、无与伦比。

上饶灵山，七十二峰，峰相挺秀，或屹于绝巅，或孤于绝壁，或堆于山谷，或融于田野。亿万积淀，千姿百态，既造就了清新、温柔之美，又造就了雄伟、巍峨之魄。

山不在高，有仙则名。胡昭、葛洪、道陵、太真、松月禅师，结庐修仙。王安石、辛弃疾、徐元杰、杨万里，留下三百诗篇，宰相夏言更有盛赞：九华五老虚揽结，不及灵山秀色多。

灵山论道，意义不凡。五千年之华夏，本土文化首推道教。老子《道德经》乃道教之最高遵循。道无形，而育天地，为万物之本源也。

道教尊老子为道祖，奉黄帝为始祖；上标老子，次述神仙，下袭张陵。

《道德经》教会我们，懂得福祸相依，福祸转化；改善人生处境，上善若水；懂得顺应自然，无为而治。

《道德经》告诉我们："善不积，不足以得福；德不立，不足以聚财；积善之家，必有余庆；积不善之家，必有余殃；天道无亲，常与善人。"

灵山清秀而险峻，群山簇拥，茂林修竹、群峰屹立。竹海花海，让人赏心悦目、心潮澎湃；石海云海，让人心旷神怡，流连忘返。

是日也，秋高气爽，天高云淡，惠风和畅。站在"天空之镜"，仰观宇宙之大，云舒云卷，奥妙无穷；俯瞰大地之广，绿水青山，生机勃勃。以游目而骋怀，身临其境；玉树临风，思绪万千。

仙女灵山似眠弓，四海常青向长空。三阳凌云人长寿，小憩福地驻青春。卅三福地神仙封，千年待闺守青春。登峰造极未必好，留有余地望仙峰。

　　古人云，人生天地之间，如白驹之过隙，情随事迁，感慨系之矣。向之所欣，俯仰之间，已为陈迹，犹不能不以之兴怀。况修短随化，终期于尽，死生大矣，岂不痛哉！

　　灵山眺望，极目山川。究天人之际，通古今之变，成一家之言。把酒当歌，海阔天空，生乐死远，且行且惜。感，沧桑巨变，风水轮流，因果循环；悟，成败几何？富贵几何？生死几何？

　　虽不怀千岁之忧，但亦不醉生梦死。以期后之视今，亦犹今之视昔。故，灵山论道，谈古论今，重究人生真谛，究竟道之真谛。虽世殊事异，所以兴怀，其致一也。后之览者，亦将有感于斯文。

人・在民族脊梁之上

在民族脊梁之上

　　《左传》最早提出立德、立言、立功"三不朽"之说，之后变成儒家的最高追求。在中国历史上，集"三不朽"于一身的只有两位半，一位孔子，一位王阳明，半位曾国藩。除了孔子，另外两人一位在湖南教书，一位是湖南人。

　　当然，讲到孔子，必然要讲文庙。我们知道，文庙开创了我国新的祭祀文化，成为中国尊师重教的重要标志。提到王阳明，自然要讲阳明心学。阳明心学作为儒学的一个学派，最早可追溯至孟子，是由王守仁发展的儒家学说。陈献章开明代心学之先河，经弟子湛若水而影响王阳明。对阳明心学与陈、湛心学的渊源关系，学界一直有明确的说法。阳明心学始创于"龙场悟道"，其"悟道"的理路与陈献章的"静养端倪"堪相一致。

　　王阳明一生受道家的影响明显多于佛家，但其终究不离儒学本质。王阳明继承陆九渊强调"心即是理"之思想，反对程颐、朱熹通过事事物物追求"至理"的"格物致知"方法，因为事理无穷无尽，格之则未免烦累，故提倡"致良知"，从自己内心中去寻找"理"——"理"全在人"心","理"化生宇宙天地万物，人秉其秀气，故人心自秉其精要。在"知"与"行"的关系上，强调要"知"，更要"行"，"知"中有"行"，"行"中有"知"，所谓"知行合一"，二者互为表里，不可分离。"知"必然要表现为"行"，不"行"则不能算真"知"。

阳明心学是中国思想文化史上的重要学说之一，它不仅仅是心理之学，还是中国古代思想家既强调道法自然，又主张天人合一，更重视人的主观能动性等一系列哲学思想之集大成，通过心即理、知行合一、致良知等核心概念实现了理论与实践的统一、主体与客体的统一和内圣与外王的统一。

岳麓书院是中国历史上赫赫有名的四大书院之一，且被广泛推崇而无争议，主要原因就是朱熹、张栻以及王阳明等人曾于这里主教过。

当然，这并不是说，应天书院（河南商丘南湖畔）、白鹿洞书院（江西庐山五老峰南麓）和嵩阳书院（河南登封嵩山南麓）不如岳麓书院，只是近代岳麓书院学生的名气太大了。

"惟楚有材，于斯为盛。"这块令湖南人骄傲了几百年的金字文化招牌，外人未免会觉得太过扬扬自得，可如果查看史料，你就会知道，这座静静的庭院实在是有这样的资本。单就清朝以来，书院便培养出17000多名学生，其中就有陶澍、魏源、曾国藩、左宗棠、郭嵩焘、唐才常、杨昌济、程潜等。

清嘉庆年间，岳麓书院大修，袁名曜山长为大门撰写对联，出"惟楚有材"句，让门生们应对，贡生张中阶对"于斯为盛"，终成千古流传的大气、贵气、霸气的绝对！

既然宋朝以降，岳麓书院多次被定为理学正宗，而且中国两位半"三不朽"人物一位出自楚国湖南，一位在岳麓书院教书，加上其培养的大名鼎鼎的学生，那么，悬挂"惟楚有材，于斯为盛"，也就没有异议了。

曾国藩说，最聪明的为人之道是让人放心。为什么他会这样说呢？曾国藩功高震主，其为人处世，不得不低调，不得不让人放心。他是要让朝廷和皇帝放心，如果让人不放心，后果是可以想象的。这也是曾国藩上交兵权的主要原因。

事实上，曾国藩是委曲求全地让人放心，也只有委曲求全，才能做到让人放心。

就普通人而言，就没有这样的顾虑，所以，我认为，最智慧的做人之道是让自己安心。

如果，你能时时、事事心安理得，再加上坚强和智慧，那么，你的生活和工作就没有什么想不通、过不去的事情。

当然，人在江湖，有许多迫不得已的时候，因此，我们既需要智慧做人之道，也需要聪明为人之道。

刘邦《大风歌》

西汉皇帝刘邦创作的《大风歌》只有三句，全诗浑然一体、语言质朴，大气磅礴。诗的前部直抒胸臆，雄豪自放，踌躇满志；诗的后部抒发了他对国家尚不安定的浓郁的惆怅，包含了双重的思想感情，别具一格：

> 大风起兮云飞扬，
> 威加海内兮归故乡，
> 安得猛士兮守四方！

刘邦从不事生产，到巧遇吕公，再到娶妻吕雉；从落草芒砀，到雍齿叛丰，再到刘项合兵；从纪信替死，到约法三章，再到逃脱"项庄舞剑，意在沛公"的鸿门宴；从楚汉相争，到鸿沟为界，直至垓下之战、项羽乌江自刎……

这里值得一提的是纪信替死封城隍的故事。纪信，赵人汉将，曾参与鸿门宴，随刘邦起兵抗秦。由于身形及样貌恰似刘邦，在荥阳城危时假装刘邦，向西楚诈降，被俘。项羽见纪信忠心，有意招降，但纪信拒绝。最终被项羽用火刑处决，后被秦州人民奉为城隍。

当然，刘邦称帝并非无缘无故，历史传说耐人寻味。根据刘氏族谱记载，刘邦曾祖父荣公历世修家，富有百万，积善布施。有恩于人，后来家财施尽。一日有福德仙人亦向其求借，家已无银，荣公解手上玉镯给他。仙人自言家住江西赣州府宁都县太华山铜鼓村。至明年八月十五中秋节，请驾至草舍如数归还。至期公依其言，偕孙刘邦从江苏徐州同往太华山。到了铜鼓村，果见山环水秀，清幽雅趣。仙人前来迎接，设宴相待，酒至半酣，荣公似醉假寐在座。其孙刘邦似觉山岩倏忽欲坠，急走十二步，一跌，又走十二步又一跌，回头一看，并无屋宇，只有坟墓一座，仙人正在山顶呼龙。

传说，刘邦祖父荣公"天葬"于江西宁都凌云山"天子地"。刘氏族谱载："73世祖讳荣公，字仁号，生于周郝王二十年丙寅，公元前295年八月十五日子时，卒于秦始皇嬴政十五年己巳，公元前232年十月二十日未时，享寿六十四岁。"

荣公被葬在龙穴中，号人形脐穴。至今其坟可远见，而不能近登。裔孙扫墓只得在山下遥祭。墓位于江西省宁都县东韶乡汉口村凌云山海拔1462米处，村民传说的"天子墓"即荣公墓。之后，刘邦得天下，传24帝。

这故事真假不重要，重要的是，通过汉朝的"正统"宣扬了第一等好事便是行善的道理。荣公家财施尽，乃解手上仅有玉镯相借，做到了常人做不到的善事，达到了常人所不能达到的无私境界。

历史上还有吕洞宾一念成仙的典故。"洞宾，为师有一法术，你想不想学，你不是一直想周济天下吗？"钟离权问。吕洞宾答："请师父示下。"钟离权说："通过念咒，我可把废铁变成黄金。"吕洞宾想了一会儿，问："废铁终究是废铁，师父把废铁变成黄金，以后是否又会变回废铁？"钟离权答："会变回去，500年后再变成废铁。"吕洞宾说："师父，我不学了。若学，不是骗了500年后的人吗？！"吕洞宾连500年后的人都不忍心骗，他会骗当世人吗？此乃真善也。真是一念积万善，一念成仙啊。

刘邦称帝后在洛阳南宫摆酒宴，招待文武百官。他问百官他与项羽成败的原因，百官纷纷夸赞他大仁大义。刘邦却说，运筹帷幄不如张良，安抚百姓不如萧何，率军打仗不如韩信，但他能合理地使用他们三位俊杰，所以能得天下。这也是"夫运筹帷幄之中，决胜千里之外"的出处。当然，张良聚众起兵反秦，后归刘邦，成为刘邦重要谋士之一，曾劝刘邦在鸿门宴上卑辞言和，保存实力，并疏通项羽叔父项伯，使刘邦得以脱身。汉朝建立，封留侯。

刘邦作为中国历史上杰出的政治家、战略家和军事指挥家，汉朝开国皇帝，汉民族和汉文化的伟大开拓者之一，一生波澜壮阔，对汉族的发展以及中国的统一有突出贡献。之后，刘邦订立"白马之盟"后，驾崩于长安，谥号高皇帝，庙号太祖，葬于长陵。

后来，张良看到汉朝政权日益巩固，国家大事有人筹划，自己"为韩报仇强秦"的政治目的和"封万户、位列侯"的个人目标亦已达到，夙愿基本满足，再加上病魔缠身，体弱多疾，又目睹彭越、韩信等有功之臣的悲惨结局，联想范蠡、文种兴越后的或逃或死，深悟"狡兔死，走狗烹；飞鸟尽，良弓藏；敌国破，谋臣亡"的哲理，惧怕既得利益的复失，更害怕韩信等人的命运落到自己身上，选择了晚年退隐。

魏徵与寇准

　　魏徵与寇准是中国历史上最敢诤言直谏的官吏，为中国的谏官树立了榜样。

　　魏徵逝后，李世民说："以铜为镜，可以正衣冠；以史为镜，可以知兴替；以人为镜，可以明得失。今魏徵已去，吾失一镜矣。"

　　这足以说明，魏徵是唐太宗的股肱之臣，给李世民提出过不少中肯的建议，被李世民认作标准的谏臣，做出过不小的贡献。

　　但就在魏徵去世以后，李世民的态度却发生了180度的转变，甚至亲令砸了魏徵的墓碑。曾经的李世民视魏徵为其手下最为难得的进言之才，但自从魏徵病逝，李世民却慢慢开始怀疑魏徵有结党营私、蓄意谋反的心思。

　　这是为什么呢？因为李世民曾听说魏徵之前找过史官，将自己呈递给李世民的信件交给他看，这样做的目的就是沽名钓誉；但这不足以让李世民暴怒，并亲令砸了魏徵的墓碑。

　　当然，魏徵说："人君居四海之尊，若有亏失，古人以为日月之蚀，人皆见之。"更说："人君出言欲闻己过，其国即兴；若出言欲人从己，其国则丧。"这样的诤言多少让至高无上的天子不痛快。

不过，还有一件事耐人寻味，那就是玄武门之变后，有人报告李世民说，东宫有个官员魏徵，曾参加过李密和窦建德的起义军，在李和窦失败之后，投奔太子建成。或许关键在于，魏徵还曾经劝说建成杀害秦王。

李世民曾当面质问魏徵："你为什么在我们兄弟中挑拨离间？"魏徵神态自若、不慌不忙地答道："可惜那时候太子没听我的话。要不然，也不会发生这样的事了。"李世民觉得魏徵说话直爽，很有胆识，因此不但没责怪魏徵，反而说："这已经是过去的事，就不用再提了。"

我们知道，历史上的齐桓公与管仲也有类似际遇。管仲经鲍叔牙推荐担任国相，辅佐齐桓公成就春秋五霸之首伟业，对内大兴改革、富国强兵，对外尊王攘夷、九合诸侯一匡天下，被齐桓公尊称为"仲父"，更被后人尊称为"管子"，被誉为"法家先驱""圣人之师"和"华夏第一相"。

当然，魏徵仅仅是唐太宗的一面镜子，其地位和作用远不如管仲，自然不可能享有管仲一样的死后哀荣。

宋太宗曾称赞寇准说："朕得一寇准，就像唐太宗得魏徵一样。"相比于魏徵，寇准的运气就好很多。寇准屡次在宋真宗面前说宰相王旦的短处，然而，王旦却极力称赞寇准的长处。有一天，宋真宗笑着对王旦说："卿虽然常称赞寇准的长处，但是寇准却专说卿的短处呢！"王旦回答说："臣居相位参与国政年久，必然难免有许多缺失。准事奉陛下无所隐瞒，由此更见准的忠直，臣所以一再保荐。"真宗由此更赏识王旦。而王旦就是邹浩所说的真正君子："君子之于人，当于有过中求无过！"

事实也是如此。有一年天下大旱，宋太宗对此十分忧虑，还专门去史馆问询天旱的原因，大臣们都说："水灾和旱灾，是天气变化的原因所致，尧舜禹汤这些古代的圣王也拿它没有办法。"

但是，只有寇准一人说："一定是朝廷的刑罚出现偏颇差错，天气大旱就是因此而引起的。"

宋太宗听后大怒，但返回宫中不久，就召寇准入宫，问他说话为何如此偏激。寇准说，祖吉、王淮两人都因受贿犯法，祖吉得到的赃款少，却被杀了；而王淮因为是副宰相王沔的弟弟，获赃上千万，只受了杖刑，却官复原职，这难道不是不平吗？太宗责问王沔，王沔不敢再瞒，低头认罪。特别有意思的是，相传，当天傍晚，天降一场大雨，大大缓解了旱情。太宗大喜，认为寇准可以重用。于是，寇准因此得到了太宗的褒奖，并升为左谏议大夫、枢密院副使。

当时曾流传一句口头语："寇准上殿，百僚股栗。"

从不同的角度看待武则天

大家知道，武则天入宫的时候，刚刚 14 岁。不是因为她长得十分美貌，深得唐太宗李世民的宠爱，而是由于其智慧与果敢，创造了一宠幸便被讨为才人的纪录，并被赐号为"武媚"。

武则天，并州文水人，荆州都督武士彟次女，与高宗并称"二圣"，中国历史上唯一的女皇帝。

690 年，武则天自立为帝，建立武周。705 年，武则天在上阳宫崩逝，中宗遵其遗命，改称"则天大圣皇后"，以皇后身份入葬乾陵，后累谥为"则天顺圣皇后"。

传说，一天，李世民带着众美人游玩，来到御马厩，指着一匹骏马对众人说："这是朕的坐骑，名叫狮子骢。"李世民话音刚落，那马便一声长啸，扬起头来，样子十分吓人，众美人急忙躲在一边。

李世民见状，笑了笑，问众人："你们谁能驯好这匹马？"众美人你看看我，我看看你，都无言以对。

只见武则天从人群中走出来，不慌不忙地对唐太宗说："陛下只要给我三样东西，我就能把这匹马驯好。"

"不知哪三样东西？"唐太宗问。

"第一件是铁鞭，第二件是铁锤，第三件是匕首。"武则天不紧不慢地说道，"我先用铁鞭子抽；它不服，再用铁锤击；还不服，就用匕首刺它的喉咙。"

唐太宗表面赞许武则天，但心里想：这个小女子，可是个铁腕人物啊！

武则天的登基，却让许多大臣不服。

传说，有一天，一位大臣询问武则天如何治国。

武则天答曰："有法依法，无法循例，无例交议。"

也就是说，有法律法规的，依照法律法规；没有法律法规但有条例、惯例的，依照条例惯例；上述两者都没有的，提交会议讨论，她来拍板。

据传，李世民曾派袁天罡、李淳风到四川斩龙脉，虽然挖了阆中蟠龙山龙脉，但结果还是没有阻止武则天兴起。有趣的是，在阆中城外的天宫院景区，袁天罡和李淳风找到了自己的归宿。

武则天称帝，有几大功绩可圈可点。

一是整顿吏治，严惩贪吏，拔擢贤才。武则天承袭贞观年间整顿吏治、严惩贪污的政策，"尝与宰相议及刺史、县令"，并派遣"使者以六条察州县"，考核州县官吏是否清正称职。对于贪赃枉法的官吏，不论官位高低，一律严惩不贷。反之，对于贤才则破格拔擢。武则天对于为官清正、正直不阿的臣僚非常器重，对于有才能有学识的人士非常赏识，并能对其一一加以重用。

二是广开言路，注意纳谏。武则天对纳谏的重要性有深刻的理解，在建言十二事中，"广言路""杜谗口"占了重要地位。垂拱二年（686）三月，她还设铜匦于朝堂，鼓励群臣上书言事。

武则天虽然政令严明，刑罚严峻，"当其忍断，虽甚爱，不少隐也"。她对于直言敢谏的臣民却十分敬重，尽量采纳他们的建议，即使言语有所冒犯，也能加以宽容，免予追究。在她统治时期，很少有人因直谏获罪，因之直言敢谏在朝中蔚然成风，使下情得以上达，这对于改革弊政、促进政治清明起了很大的作用。

三是国力强盛。693—694年期间，武则天与吐蕃、西突厥、后突厥和石韦王国之间进行战争，大获全胜，威震八荒，万国臣服，为之建立象征世界中心的"大周万国颂德天枢"。各国君臣聚钱百万亿，买尽天下铜铁，把天枢建在今洛阳皇城端门外，成为武周盛世的标志。它的规模远超罗马和印度纪功柱，位居世界三大纪功柱之首，标志着中国古代国际地位达到一个新的高峰。

当然，武则天任用酷吏，留下败笔。武则天统治稳定之后，开始起用酷吏。为巩固统治，武则天使用严酷手段。为掌握国家统治大权，她毒死了已被立为太子的亲生儿子。称帝第二年，武则天便用两大酷吏之一的来俊臣杀了另一个酷吏周兴；至万岁通天二年（697），杀死来俊臣，结束了酷吏政治。

值得一提的是，705年，武则天无奈传位于太子李旦，并被幽于洛阳上阳宫。临终之前，武则天留下遗嘱："我死后，你们要帮我去掉帝号，称则天大圣皇后，与你父亲共葬乾陵，我墓前的碑上一个字也不要写。"

从武则天立无字碑的行为，以及武曌金简上所刻的"乞三管九府除武曌罪名"来看，可以感受到她内心深处的深深忏悔。

"时来风送滕王阁"

有一句话道破人的命运，它出自唐朝罗隐《筹笔驿》："时来天地皆同力，运去英雄不自由。"而全诗则是："抛掷南阳为主忧，北征东讨尽良筹。时来天地皆同力，运去英雄不自由。千里山河轻孺子，两朝冠剑恨谯周。唯余岩下多情水，犹解年年傍驿流。"与它类似的诗句有："时来风送滕王阁，运去雷轰荐福碑。"

江南三大名楼之一的滕王阁，位于南昌市赣江东岸，始建于唐永徽四年（653），因为李世民之弟——滕王李元婴始建而得名，更因诗人王勃名句"落霞与孤鹜齐飞，秋水共长天一色"而流芳后世。

传说，诗人王勃去交趾探望父亲，船经马当山时，一个神仙对他说："明天九月九重阳节，洪州都督要纪念滕王阁落成，你去作文，能名垂千古。"于是，他乘顺风船飞驰到洪州，参加了洪州牧阎伯屿在滕王阁举行的盛宴，经过一夜思考准备，即席写成《滕王阁序》，因而名扬天下。宋代穷书生张镐流落饶州荐福寺，寺僧想拓印颜真卿碑帖 1000 份给他卖作路费，真是倒霉，不料当晚碑石被雷击毁。因此，才有了"时来风送滕王阁，运去雷轰荐福碑"的诗句。

王勃聪敏好学，六岁能文，妙笔生花，被誉为"神童"，曾被授予虢州参军，但因私杀官奴，二次被贬。有一年，王勃自交趾探望父亲返回时，也就是在其写出惊天地泣鬼神的千古绝唱《滕王阁序》之后，渡海溺水，命殒沧海，生命永远定格在27岁。

滕王高阁临江渚，佩玉鸣鸾罢歌舞。

画栋朝飞南浦云，珠帘暮卷西山雨。

闲云潭影日悠悠，物换星移几度秋。

阁中帝子今何在？槛外长江空自流。

人们常说"天妒英才"，说实在的，王勃的确是千古奇才。我们说，一时扬名易，千古绝唱难；写五绝、七绝诗词易，文如泉流、洋洋洒洒七百言，谈何容易。如此奇才，英年早逝，令人扼腕。

至于神仙指点之事，我们大可不信，不过，在观音灵签中有"李固言柳汁染衣"的典故。除此之外，我推测，神仙指点的说法大体还有两类：一是佛神赐灵签，二是梦境指点。比如，南岳圣帝有这样的灵签："定许郎君去采芹，更要功夫刻刻勤。蛟龙并非池中物，才知方享在奇文。""汝在寒窗数十载，舟成九转上青天，喜看他年笑容下，笑容境下姓名传。"

对于凡夫，有道是，不积善，不足以成名；不积恶，不足以灭身。我们知道，要成就事业，仅仅勤奋是远远不够的。

作为名冠"初唐四杰"的王勃，可以说是成也文章，败也文章。9 岁的王勃读颜氏注的《汉书》之后，撰写《指瑕》十卷，一举成名。20 岁，不经意写出骈文《檄英王鸡》并落到唐高宗手里，高宗怒不可遏，立刻下诏撤去王勃一切官职，轰出沛王府并永不录用。当然，王勃的文章顶峰则是其 26 岁写出《滕王阁序》。

读《滕王阁序》，我们深知，冯唐易老，李广难封；君子应当见机，通达应当知命，适可而止。读《滕王阁序》，我们定当老当益壮，宁移白首之心；穷且益坚，不坠青云之志，而报效国家。

诚然，如若我们胸有沟壑，即使身处困境，眼里应是如此景象："云销雨霁，彩彻区明。落霞与孤鹜齐飞，秋水共长天一色。"诚然，如若我们心存光明，即使身体渐老，心中应是如此景象："观海江湖远，听涛天地宽；经纬吞云梦，悲悯予三千。"

杨震及杨氏四知堂

　　杨震是东汉名臣，历东汉章帝、和帝、安帝三朝，有"关西孔子"之美誉，被尊为弘农杨氏始祖，其"清白吏子孙"的家规成为杨氏家族代代相传的家风，而以"四知堂"为堂号的杨氏祠堂更是名震华夏，千古流芳。

　　杨震本是教书匠，立志一生致力于教书育人。50岁时，杨震才在州郡任职，原因是大将军邓骘听说杨震是位贤人，于是举其为茂才。杨震四次升迁后为荆州刺史、东莱太守。

　　杨震天资聪颖，刻苦学习。他的八世祖杨喜，汉高祖时因功封赤泉侯。父亲杨宝，研习《欧阳尚书》。杨震少年时即好学，跟随太常桓郁学习《欧阳尚书》，通晓经术，博览群书，专心探究。杨震居住湖城，由于他一直不仕，几十年都不应州郡的礼聘。后来，有冠雀衔了三条鳣鱼，飞栖在讲堂前面。主讲之人拿着鱼说："蛇鳣是卿大夫衣服的象征，三是表示三台的意思，先生从此要高升了。"

　　杨震公正廉明，不接受私人的请托。他的子孙蔬食徒步，生活俭朴。他的一些老朋友或长辈，想要他为子孙布置产业，杨震说："让后世的人称他们为清白官吏的子孙，不是很好吗？"

杨震出差路过昌邑时，他曾经推举的荆州茂才王密正任昌邑知县。王密去看望杨震，晚上又送给杨震金十斤。杨震说："老朋友知道你，你怎么不知道老朋友呢？"王密说："现在是深夜，没有人会知道。"杨震说："天知、神知、我知、你知，怎么说没有人知道呢。"王密惭愧地离开。这便是杨氏祠堂"四知堂"堂号的来历。

杨震一生刚正不阿，勤勉清廉。他的"四知拒金"故事彪炳青史，历代流传，其高风亮节成为历代历朝官员修德重贤的典范。杨氏后裔更是将其奉为圭臬，代代相继，世守家风。杨震的五个儿子个个都以"清白吏"而誉满天下，三子杨秉清廉节俭，以"三不惑"闻名于世。宗谱《先训篇》就载有杨秉"我有三不惑：酒、色、财也"之言。《后汉书·杨震列传》称，自震至彪，四世太尉，德业相继，代代"能守家风，为世所贵"。

杨震曾上疏说："臣听说，自古以来，君主施政主要是选用德才兼备的贤能人士治理国家，管理主要是惩治去除违法乱纪行为，所以唐尧虞舜时代，贤能有德的人，都在朝中为官，而恶人则被流放监禁，天下百姓都心悦诚服，国家一派兴旺发达的气象。"

"杨震四知"一直被后人视为"慎独"的典范，昭示的正是敬畏的力量。明朝方孝孺说："凡善怕者，必身有所正、言有所规、行有所止，偶有逾矩，亦不出大格。"因此，只有心有敬畏，才能行有依归。

所以，我们必须有"慈悲、感恩、敬畏、平等"之心。杨氏家族把"杨震四知"作为祠堂的堂号而流芳百世。杨震的子孙四代都有所成就，再后来，隋朝皇帝就是杨震的后裔。

吕蒙正及《寒窑赋》

北宋宰相吕蒙正，洛阳人，幼年贫苦，孜孜好学。举进士，中甲科，太宗、真宗两朝，他曾三居相位，后累封至同平章事、昭文馆大学士，加司空、太子太师，封许国公。真宗朝，辞归洛阳，在伊水上游建宅，木茂竹盛，后世称吕文穆园。

相传，吕蒙正年少丧亲，尊先父遗嘱变卖家产而寄于尼姑庵中学习佛家经典。久而久之，尼庵寺的住持开始嫌恶吕蒙正。吕蒙正只好流落街头，以乞食为生；夜晚，就在洛阳城外的破窑内休息。传说，有一天，吕蒙正梦见太白金星对他说，相爷之女刘月娥将在城中奉旨搭建彩楼，并告诉他说，因为前世因缘让他前去领亲。吕蒙正醒后前去观看，果然刘府正有人在绣楼上欲抛绣球以定终身。

刘月娥是奉旨出嫁，但绣楼之下却没有发现自己的意中人，就故意将绣球投向一个乞丐，想给些银子打发了事。而此人正是吕蒙正。吕蒙正前去领亲，相爷见到他的模样十分生气，吩咐下人给一百两银子打发他走。吕蒙正不应。刘月娥看出吕蒙正举手投足之间有股才气，将来必定有所作为，于是不顾家人反对，与吕蒙正一同寄宿破窑。吕蒙正不忍千金小姐与他一同受苦，而小姐却劝他多读诗书，以便日后能有一番作为。

一日，吕蒙正讨得一条黄瓜，本想分一半给夫人，却失手将之掉于水中。吕蒙正长叹："天欲诛我，我何能生？"愤而跳入河中，但却没有被淹死。在岸边昏迷之际，隐约听得有人告诉他说："你已苦尽甘来，即日可进京赶考，必中头名。"由于吕蒙正年少于僧院长大，熟读各部经书，深得佛学教诲，唯他试卷与众不同，没有长篇大论却抓住佛学悟"空"受"苦"的道理，看淡名利。他在试卷中写道："能为天子谋事者不奇，奇者乃能为天下人谋事者，天子如不能谋则需能谋者而助天子也。"他大胆的言论受到主考的赏识，果然金榜题名。后来，他为官知才善用，处处为百姓着想。

如果没有守寒窑的经历，或许就没有吕蒙正的"空"与"苦"感悟以及考试之中的灿烂文章。

吕蒙正说："我诚然无能，但却有一能，就是善于用人。"这才是做宰相的最大能事。

吕蒙正格局和器识到底与众不同，这就是所谓的宰相肚里能撑船。一天，吕蒙正刚被任命为副宰相入朝走马上任，意气风发地迈着方步走在大殿上，忽然听到有人说："这小子也当上参知政事了？"面对这盆当头冷水，吕蒙正装作没有听见，走了。与吕蒙正要好的同事很不满，要追查此人是谁。吕蒙正急忙制止，不让追查。下朝以后，吕蒙正的有些同事仍然愤愤不平，后悔当时没有逮住那人。吕蒙正则说："如果知道他的姓名，就会终身不能忘记，倒不如不知道为好，于我也没有什么损失。"

吕蒙正说，水至清则无鱼，人至察则无徒。小人的作为伎俩，君子怎能不知道呢？如果我们能以大度兼容，就可以使万事兼济。

《寒窑赋》相传为吕蒙正劝世经典之作，一说为明清文人伪作。

附《寒窑赋》

天有不测风云，人有旦夕祸福。蜈蚣百足，行不及蛇；雄鸡两翼，飞不过鸦。马有千里之程，无骑不能自往；人有冲天之志，非运不能自通。盖闻：人生在世，富贵不能淫，贫贱不能移。文章盖世，孔子厄于陈邦；武略超群，太公钓于渭水。颜渊命短，殊非凶恶之徒；盗跖年长，岂是善良之辈。尧帝明圣，却生不肖之儿；瞽叟愚顽，反生大孝之子。张良原是布衣，萧何称谓县吏。晏子身无五尺，封作齐国宰相；孔明卧居草庐，能作蜀汉军师。楚霸虽雄，败于乌江自刎；汉王虽弱，竟有万里江山。李广有射虎之威，到老无封；冯唐有乘龙之才，一生不遇。韩信未遇之时，无一日三餐，及至遇行，腰悬三寸玉印，一旦时衰，死于阴人之手。有先贫而后富，有老壮而少衰。满腹文章，白发竟然不中；才疏学浅，少年及第登科。深院宫娥，运退反为妓妾；风流妓女，时来配作夫人。青春美女，却招愚蠢之夫；俊秀郎君，反配粗丑之妇。蛟龙未遇，潜水于鱼鳖之间；君子失时，拱手于小人之下。衣服虽破，常存仪礼之容；面带忧愁，每抱怀安之量。时遭不遇，只宜安贫守分；心若不欺，必然扬眉吐气。初贫君子，天然骨骼生成；乍富小人，不脱贫寒肌体。天不得时，日月无光；地不得时，草木不生；水不得时，风浪不平；人不得时，利运不通。注福注禄，命里已安排定，富贵谁不欲？人

若不依根基八字，岂能为卿为相？吾昔寓居洛阳，朝求僧餐，暮
宿破窑，思衣不可遮其体，思食不可济其饥，上人憎，下人厌，
人道我贱，非我不弃也。今居朝堂，官至极品，位置三公，身
虽鞠躬于一人之下，而列职于千万人之上，有挞百僚之杖，有斩
鄙吝之剑，思衣而有罗锦千箱，思食而有珍馐百味，出则壮士执
鞭，入则佳人捧觞，上人宠，下人拥。人道我贵，非我之能也，
此乃时也、运也、命也。嗟呼！人生在世，富贵不可尽用，贫贱
不可自欺，听由天地循环，周而复始焉。

忠孝双全状元宰相唯一人

文天祥是集忠臣、孝子、状元、宰相于一身的唯一人。作为南宋末年政治家、文学家，抗元名臣，文天祥与陆秀夫、张世杰并称为"宋末三杰'，其《过零丁洋》中的"人生自古谁无死，留取丹心照汗青"，因气势磅礴，情调高亢，视死如归，激励了后世众多为理想而奋斗的仁人志士。

1256 年，20 岁的文天祥中进士第一，成为状元。1278 年，卫王赵昺继位后，拜少保，封信国公。后在五坡岭被俘，押至元大都，被囚三年，屡经威逼利诱，仍誓死不屈。1283 年 1 月，文天祥从容就义，终年 47 岁。

生于江西吉安农村的文天祥，如果没有科举制度，因为报国无门，他顶多做一个孝子，忠孝双全、状元及第、官至宰相……更是难以想象的。

我们知道，中国科举制度是对人类文明的一大贡献。隋朝隋炀帝继承隋文帝的想法，于大业二年（606）创立了一种新的选官制度——科举制，一改由汉朝以来的察举制。察举制比较注重门第，在一定程度上让士族控制选官，形成了一种"上品无寒门，下品无士族"的现象，不利于真正有学识、有见解的人脱颖而出，报效朝廷，报效国家。

科举制度在中国延续了 1300 多年，对中国历史发展产生了重大的影响。它在一定程度上繁荣和传承了我国儒家等优秀文化，并且促进了考试公平，让寒门学子有了出路；同时，还对西方的考试制度产生重大影响，是西方近代考试制度的雏形。

我认为，宋朝的科举选官是相当成功的，从"学历不高"的宋太祖黄袍加身、赵普"半部《论语》治天下"开始，通过科举宋朝选拔一大批精英。

他们之中，有从寒窑守困到进士出身，官至宰相的吕蒙正；有多谋善断、"胆大包天"，也是从进士起步，官至宰相的寇准；有"先天下之忧而忧，后天下之乐而乐"的范仲淹和他的儿子——为国荐贤、不计得失的范纯仁（范家父子都是进士，分别官至副宰相和宰相）；有"包青天"包拯；有享誉百代的改革家王安石；有文坛巨擘、史学大家欧阳修；有"君子于人，当于有过中求无过"的邹浩；更有三苏父子，苏洵纵横奇才、名动天下，苏轼文垂万世、英名千古，苏辙胸怀坦荡、悉心辅政。

这里，有两个例外，一是苏洵没有中进士，另一个是文天祥为状元宰相。

再说一说岳飞和秦桧。其实，秦桧也是状元宰相，因为他是奸臣，所以没人提及秦桧。武将出身的岳飞不仅精忠报国、侠肝义胆，而且在文学领域也有着非凡的成就。

司马迁说过，人固有一死，或轻于鸿毛，或重于泰山。对待生死，在民族大义、国家大忠面前，只有清末"不成功则成仁"

的谭嗣同可与文天祥相提并论。

谭嗣同就义前题在监狱壁上的绝命诗："望门投止思张俭，忍死须臾待杜根。我自横刀向天笑，去留肝胆两昆仑。"是不是与"人生自古谁无死，留取丹心照汗青"有异曲同工之妙？！

马铎状元传奇与遐想

中国 1300 多年科举历史，一共产生过 777 位文武状元。福建也是我国状元大省，状元人数排在江苏、浙江、河南省之后，位列全国第四。而在福州地区，"一日君"马铎状元特别突出，其传奇家喻户晓。

在孩提时代，我就对马铎传奇故事倍感兴趣，以至于现在还记忆犹新。因为"南蛮之地"福建自古以来就没有人做过皇帝，而马铎状元代朱棣皇帝祭祀，相当于做过一天皇帝，也是十分了不起的。

民间有句谚语："三分天下诸葛亮，一统江山刘伯温。"在明朝，与诸葛亮的传说一样，刘基也在许多传说中被神化为先知先觉、料事如神的预言家。在其诸多预言之中，传说"福建出天子，三山做战场"就是其中一则。

事实上，刘伯温当年的预言的前半句"福建出天子"可以说得过去，因为生于和起义于广东乌石村的张琏，其势力范围的确占据了福建，还自称"飞龙"皇帝，改了国号和年号。张琏的飞龙国并非小打小闹，一直让明世宗头疼不已。而后半句的"三山做战场"只能附会地对应着三佛齐岛。我们知道，张琏失败逃亡后，以三佛齐岛为根据地，做起了土皇帝，乐得逍遥自在。

中国的三山五岳之中，中岳嵩山、东岳泰山、西岳华山、南岳衡山、北岳恒山的五岳没有什么争议，而"三山"则有四五种说法：一说是指华夏远古神话传说中的三条山脉——喜马拉雅山脉（盘古开天辟地、夫工怒触不周山）、昆仑山脉（玉帝居庭玉京山、嫦娥奔月）、天山山脉（西王母娘居庭、女娲炼石补天）；一说是指道教传说中的三座仙山——蓬莱（蓬壶）、方丈（方壶）、瀛洲（瀛壶）；一说指三座旅游名山——黄山、庐山、雁荡山。

当然，民间还有人认为是福建的武夷山、山东的泰山、陕西的华山。因为有这样的描述："三山半落青山在，一水中分白鹭洲。白鹭洲中有天子，九龙盘绕九泉流。"福州市区有三山，即于山、乌山、屏山。于山位于福州城区中心，整座山形状如巨鳌，拥有多个名胜古迹，包括平远台与戚公祠、九仙观与天君殿等。乌山自古就是著名的风景区，也是三山之一。其中的乌石塔、古庙群、道山亭等都是著名景点。屏山又名平山或样楼山，因其山形像屏而得名，历史上曾是闽越王的宫殿所在地。

我们言归正传，先说马铎。相传，明朝初期，马铎在去南京赶考路上看见一女子曝尸路边，他心内不忍，便脱下长衫将尸身盖住，并将尸体挪到一处废弃的古墓坑内安葬。而大家知道，马铎出生于福建长乐潭头镇临南村，家中贫寒，进京赶考所带的盘缠都是从街坊四邻借来的。

心地善良的马铎想着自己也算是做了件好事，想找找这荒野里是否能有一个遮风避雨的地方，不至于风餐露宿。说来也巧，还真让他在荒郊野岭处发现一户人家，虽然只是座破旧的茅草屋，但是对于此时的马铎来说，已经是个不错的避风港了。

马铎本以为住在荒郊野岭的该是一家人，来开门的应该是个男人，结果却是一位农妇。马铎顿时有些不知所措。农妇善解人意，知晓了马铎的窘境后，主动邀约他住下，不用想太多。

由于一路奔波，又抬了半天的女尸，马铎思虑再三也就谢过农妇的好意，找了一角落沉沉睡去。等到醒来时，已是黎明时分，马铎收拾好行囊准备启程。

启程前，农妇问马铎一个对子："青鞋绣菊，朝朝踢露，蕊难开。"马铎没有答上。之后，农妇送了马铎一首诗："昨日多蒙到姜家，炉中缺火未煎茶。郎君此去登金榜，雨打无声鼓子花。"走出没几步，马铎想回头问问农妇"雨打无声鼓子花"是什么意思，结果回身一看，哪里还有农妇的身影，就连那茅草屋也消失得无影无踪。这让马铎顿时吓了一跳，而自己昨天睡觉的地方，竟然是埋着女尸的古墓旁的一块大石头。

此后，马铎竟然得心应手，一路过关斩将，最终与在乡试、会试中皆第一的长乐同乡林志一起杀入殿试。朱棣皇帝和一众考官都觉得这两位来自福州的学子不分伯仲。于是，朱棣最后以对对子决定谁是状元。这时，林志觉得自己稳压马铎一头。林志胸有成竹，等待朱棣出题，马铎则稳稳站在一旁，看不出内心在想什么。随即，朱棣指着外面的一盆铃儿草："风吹不响铃儿草。"没等林志反应过来，马铎随口答出："雨打无声鼓子花。"朱棣大悦，接着又说："白扇画梅，日日迎风，花不动。"马铎马上神对："青鞋绣菊，朝朝踢露，蕊难开。"

朱棣听后，大为赞赏，称马铎气象广大，擢为状元，授翰林院修撰，并且赐了一块"状元及第"的金匾。在这之后，林志也对马铎心服口服，甘拜下风。殿试之时，他踌躇满志，还因马铎一共八次乡试没有通过。

传说，马铎心灰意冷的时候，其年迈的父母听闻邻县福清石竹祈梦之事，便命马铎上山，让九仙君指点一下，然后再做决断。于是，马铎在福清石竹山九仙楼里住了三天两夜，却一个梦也没有。这让马铎十分不爽，于是提笔在墙上涂鸦："谨遵父命来求仙，三日两夜无仙交。马乐有朝能出仕，定除石竹草鞋仙。"这里的"草鞋仙"是指江湖骗子意思。写完打油诗，马铎觉得一阵眩晕，蒙眬之间，发现墙壁上的字消失了，却出现了这样字眼："马乐来求仙，心中本元仙。是汝心不诚，胡言吾野仙。若非一日君，定罚你一鞭。"马铎一见，心下大惊，尤其是"一日君"，究竟是什么意思？马铎顿时睡意全无。

其实，马铎原名马乐，后因避讳明成祖永乐年号，被御赐改名为"马铎"。马铎高中状元后不久，永乐皇帝朱棣身体抱恙，无法参加祭天仪式，作为天子门生且与皇帝神形相似的马铎便受命代天子郊天祭祀。马铎成了名副其实的"一日君"。这也是马铎"一日君"名号的由来。当然，马铎心性耿直，表里如一，处己以正，仗义执言。朱棣曾对辅臣大学士杨士奇说："马铎可谓质实无二矣。"成祖明于厓人，马铎勤于事君，一时传为美谈。世人称马铎"居官有刚直之声，居家有孝友之名，居世有助人之誉"。

对于同是福州长乐学子的林志与马铎，可以说起初林志完全碾压、完胜马铎，可后来马铎瞬间顺利逆袭成功，从传说中可体味世人对善良的褒奖。

事实上，清朝著名四位"宰相"范文程、陈廷敬、刘统勋、曹振镛，他们有一个共同的特点，都是家族向善，心怀百姓。这里我们讲讲大家所熟悉的宰相刘罗锅的父亲刘统勋。

刘统勋，山东诸城人，雍正进士，在南书房和上书房供职，乾隆年间担任过刑部侍郎、漕运总督、翰林院掌院学士、工部尚书、刑部尚书、吏部尚书、礼部尚书、兵部尚书、东阁大学士等重要官职，先后被授予太子太傅、太子太保、太傅等爵衔。

刘统勋为官清正廉洁，政绩多有建树。乾隆三十八年（1773）去世，谥"文正"。乾隆皇帝亲临其丧礼，见丧事节俭朴素，十分悲痛，回到乾清门，流泪对诸大臣说："朕失一股肱！"又说："像统勋这样的才不愧是真宰相！"

刘统勋祖上的道德栽培，要从他的祖父刘必显说起。刘必显顺治进士，出任广西员外郎，为官正直清廉。他立下家训："当官清廉，积德行善，官显莫夸，不立碑传，勤俭持家，丧事从简。"这足见刘必显其对子孙后代的严格要求、栽培和教育。

刘必显之子刘棨，康熙进士，担任过湖南长沙知县，是清朝有名的清官。后被提拔为陕西宁羌知州。当时，关中发生大饥荒，汉南尤为严重，州里没有储备的粮食，在山区搬运粮食非常困难。刘棨请借邻州的粮食，和老百姓相约，能运一斗米到本州仓库的人，赠予三升米。这样，不到十日就运了三千石粮食，既解决了运粮问题，又赈济了灾民。这种赈济办法也在其他县推广。刘棨又奉命到洋县赈灾，带着粮食沿汉江而下。他先亲自到各处调查灾情，按期发放，几日就完成救灾工作。他对洋县县令说："这些粮食从官府借来，倘若百姓不能偿还，我们两人应当代为偿还。"

到了秋天收获的季节，洋县百姓都来偿还粮食，不用催督。除赈灾之外，在发展生产和提高教育上，刘棨也做出了许多务实的政绩。康熙四十一年（1702），刘棨升任甘肃宁夏中路同知，还没有赴任，正值母亲去世，他却因为代老百姓偿还赋税，受到拖累不能离开，便嘱托他的弟弟代售遗产，以偿还赋税。即使这样，仍不够偿还，其弟以自己的产业换成钱财偿还。人们听说了，争着捐钱相助，刘棨却不肯接受。在担任山西平阳知府时，他裁革陈旧的制度，凡有官司案件都立即解决，避免了因官司拖泥带水而消耗百姓的人力及财力。康熙四十八年（1709），国家推举廉能的官员，以知府的身份被推举的，只有刘棨和陈鹏年两个人。刘棨的哥哥刘果也是有名的清官，做河间县令时，曾受到"清廉爱民"的褒奖。

刘棨的事迹在葛虚存的《清代名人轶事》里面也有描写，说他"毁家救荒，活人无算"。意思是说，刘棨兄弟二人变卖自己的家产救济饥荒，救活无数的人，当时许多饥民感动得流泪。一个州官为救百姓而倾家荡产，在历史上也并不多见。由于祖父刘必显和父亲刘棨两代人的栽培，从刘棨之子刘统勋开始，刘家相继出了刘统勋、刘墉和刘镮之，三代人出了"三公两宰相"。

参观林则徐纪念园随想

　　林则徐是福建望族林氏之九牧分支，而九牧林氏以"忠孝"传家。我十分有幸与林则徐先生同是九牧林氏。这次我赴广州参加广东省参事决策咨询会和广东省金融智库联合会报告会，入住珠岛宾馆，用餐与闲暇散步之时，多次路过广州林则徐纪念园，尤其是看到耸立在广州沿江东路上林则徐纪念园牌坊和园中的林则徐像，一种崇高敬意油然而生，我不由自主地停下脚步，拿起手机拍摄牌坊，之后走进纪念园。

　　林则徐（1785年8月—1850年11月），字元抚，又字少穆等，福建福州人，清代后期政治家、文学家、思想家，民族英雄。林则徐20岁中举人，27岁中进士，历任翰林编修、东河总督、江苏巡抚、湖广总督等职。在江苏整顿吏治、平反冤狱、兴修水利、救灾办赈。在湖广大力开展禁烟运动。道光十九年（1839），以钦差大臣赴广东禁烟时，派人明察暗访，强迫外国鸦片商人交出鸦片，并将没收的鸦片于虎门销毁。该事件被认为是第一次鸦片战争的导火线。战争爆发后，林则徐令广东军民严阵以待，使英军在粤无法得逞。不久后被构陷革职，遣戍伊犁。其间曾奉命赴浙江镇海协防，并留开封襄办黄河决口。道光二十五年（1845），重获起用，历任陕甘总督、陕西巡抚、云贵总督等职，加太子太保。道光三十年（1850），林则徐再任钦差大臣，奉命镇压拜上帝会起事，途中病逝于潮州普宁。获赠太子太傅，谥号"文忠"。

林则徐一生为官清廉正直，不辞劳苦，勤恤民隐，为人们所称颂，又因力主严禁鸦片、积极抵御外来侵略、坚决维护国家主权和民族利益，从而深受人民的敬仰。当然，鸦片战争爆发后，因遭到投降派诬陷被朝廷革职，在赴戍途中他仍然忧国忧民，不因个人得失而气馁，写下了"苟利国家生死以，岂因祸福避趋之"的激励诗句。

其诗名《赴戍登程口占示家人》其二：

力微任重久神疲，再竭衰庸定不支。
苟利国家生死以，岂因祸福避趋之！
谪居正是君恩厚，养拙刚于戍卒宜。
戏与山妻谈故事，试吟断送老头皮。

林则徐是一位十分有气节、有大格局的官员。我们可以从这些诗句、名言中看到林则徐的格局和器识：

岂能尽如人意，
但求无愧我心。

海到无边天作岸；

山登绝顶我为峰。

海纳百川，有容乃大；
壁立千仞，无欲则刚。

林则徐十分具有国际化视野，对于西方的文化、科技和贸易持开放态度，主张学其优而用之。由他主持编译的《四洲志》《华事夷言》《滑达尔各国律例》《国际法》等，以及嘱托魏源编译《海国图志》，成为中国近代最早介绍外国的文献。他被历史学家范文澜称为近代中国"开眼看世界第一人"。

林则徐是福建九牧林氏后裔，而九牧林氏自唐始素以诗礼传家，人文彪炳，代出英杰。唐朝林藻、林蕴各以文名、忠烈名著唐史。宋朝有祖姑林默，明朝有永乐状元林环、刑部尚书林俊、"铁面御史"林润、"三教先生"林兆恩等，均为名垂青史的九牧名贤。从小就接受"诗礼"与"忠孝"的教育与熏陶的林则徐，自然塑造了其卓尔不凡的格局与器识。

就我所学所知所悟，一个人的最终成就取决于他的格局和器识。年轻人，无论你资质有多好，学历有多高，能力有多强，都应当怀有平等、敬畏、感恩和慈悲之心，应当有骨气、志气、义气，不应有傲气。

当你站着时候
我不想坐着
当你坐着时候
我也不想站着

因为我

既不想仰视你

更不想俯视你

我要平视众生

但是我

还是要俯视人生

福建九牧林氏可谓人才辈出，忠孝贤良，这都与家族严格的家训家规分不开。

九牧林氏族范：

凡林子孙，父慈子孝，兄友弟恭，夫正妇顺，内外有别，尊幼有序，礼义廉耻，兼修四维，士农工商，各守一业。气必正，心必厚，事必公，用必俭，学必勤，动必端，言必谨。事君必忠，居官必廉慎，乡里必和平。人非善不交，物非义不取，勿富而骄，勿贫而滥，勿信妇言伤骨肉，勿言人过长薄风，勿忌妒贤能伤人害物，勿出入公府营私招怨，勿奸盗谲诈饮博斗讼，勿满盈不戒妙微不谨，勿坏名丧节灾己辱先。善者嘉之，贫难死伤疾病周恤之，不善劝悔之，不改兴众弃之，不许入祠，以共绵诗礼仁厚之泽。敬之戒之勿忽。

林则徐有《林文忠公政书》等作品传世。特别需要指出的是，林则徐在 50 多岁的时候，专门写了一个"十无益"家训。

一、存心不善，风水无益。

二、父母不孝，奉神无益。

三、兄弟不和，交友无益。

四、行止不端，读书无益。

五、做事乖张，聪明无益。

六、心高气傲，博学无益。

七、时运不济，妄求无益。

八、妄取人财，布施无益。

九、不惜元气，医药无益。

十、淫恶肆欲，阴骘无益。

看似简简单单的"十无益"，其实用心良苦。他将一些常被人们喜欢或者有益的东西分别做了界定。换言之，如果不满足某种条件，一些看来有益的事情就根本没有益处，或者说根本不能如愿。由此可见，世上没有绝对之物，任何事物的效能都是有条件的。这"十无益"既是林则徐自己的修行标准，也是他教育子孙后代的原则。

除"十无益"家训之外，林则徐有一句十分通透且发人深省的名言："子孙若如我，留钱做什么，贤而多财，则损其志；子孙不如我，留钱做什么，愚而多财，益增其过。"

也就是说，如果子孙是卓异之人，那么，我就没必要留钱给他，贤能却拥有过多钱财，会消磨他的斗志；如果子孙是平庸之辈，那么，我也没必要留钱给他，愚钝却拥有过多钱财，会增加他的过失。

早在春秋时，鲁国大夫叔孙豹说："太上有立德，其次有立功，其次有立言，虽久不废，此之谓三不朽。"从此以后，立德、立功、立言"三不朽"成为千百年来无数仁人志士孜孜以求、梦寐以求的一种永恒的价值追求；但是历史上真正能够做到"三不朽"者寥若晨星。一般认为，只有孔子、王阳明够格，而曾国藩算半个。当然，孔子立言、立德方面无可挑剔，但立功还谈不上。王阳明立言、立德、立功都可以，但立功却不如曾国藩。

事实上，立德、立功、立言的实质就是做人、做事、做学问。曾国藩在立德、立功、立言方面无疑是一个成功者。他以近乎完美的道德品行、举世瞩目的卓著功勋、精辟独到的论说言辞，博得了后人的称赞。所以，人们把曾国藩称为"中华千古第一完人"。

同样地，林则徐在立德、立言、立功三个方面都表现出了他卓越的品质和才华。作为一位伟大的爱国者和改革者，他的道德风范和人格魅力深受后人敬仰。在中国几千年历史上，以"三不朽"而言，林则徐也可算屈指可数的人物：

在立德方面，林则徐始终注重培养自己的品德修养，始终保持着高尚的道德品质。他尊重传统文化，注重礼仪道德，以身作则，成为社会的楷模。他一生清廉自守，不贪图权力和金钱，尽职尽责地为国家和民族服务。作为中国近代史上一位伟大的爱国者和改革者，一生致力于维护国家尊严和民族利益，始终坚守着爱国、正义、廉洁的价值观，其道德风范和人格魅力深受后人敬仰。

在立言方面，林则徐有着独特的贡献。他是一位优秀的文学家和思想家，他的言论和著作对中国近代史产生了深远的影响。他的言论以爱国、正义、廉洁为主题，强调了国家利益高于一切，反对贪污腐败和卖国求荣的行为。

在立功方面，林则徐有着卓越的表现。他一生致力于维护国家尊严和民族利益，为国家的繁荣富强做出了杰出的贡献。特别是在禁烟运动中，林则徐领导了虎门销烟等一系列行动，沉重打击了英国鸦片贩子的嚣张气焰，维护了国家尊严和民族利益。此外，他还主持了多项改革，推动了中国近代化的进程。

虎门销烟不仅维护了国家尊严和民族利益，而且救积贫积弱的民族于水火，销毁鸦片，消除吸鸦片流毒，强壮国民身体和精神。就此而言，林则徐的功绩可以说是远在曾国藩之上。而曾国藩被称为"中华千古第一完人"的重要原因在于，一方面，他能提升清军的作战能力。在曾国藩的提议下，清政府让曾国藩建立了第一所兵工学堂，以培养更多的军事人才，并且还建造了中国第一艘轮船以提高海军作战能力。由他一手建立的湘军经过他的训练，最后成了拯救清王朝的大救星，维护了清王朝的统治。另一方面，在于曾国藩手握军权、功成名就之后急流勇退，还军权于朝廷，以大忠昭示天下，成就了他"中华千古第一完人"的荣光。

林则徐的死因有四种说法。一是身体大亏，其中原因可能是途中生病所致，或者是积劳成疾。二是洋商买通厨子下毒害死，但这一说法缺乏确凿的证据。三是身体羸弱加上长途跋涉和疾病，最终导致病情加重去世。四是林则徐不顾自己的病情，只顾赶路，加重病情，大夫本应先医脾胃虚弱，但颠倒顺序开出参桂重剂，导致病情持续加重而去世。

这里需要指出的是，清朝两位重臣林则徐、曾国藩，一样清廉，其子孙后代也一样人才辈出。他们的家族谱写初步印证了"千年望族不离道德，万代传承无非悲悯"的真理。

当下，在实现中华民族伟大复兴的进程中，林则徐的精神品质和道德风范以及坚持爱国、正义、廉洁的价值观，十分值得我们学习和提倡。

曾国藩之对联

曾国藩有两副著名对联：一是"家无逆子寿命长，国有贤臣社稷安"，二是"几百年名门无非积德，第一等好事便是读书"，特别耐人寻味。

曾国藩是中国历史上的"完人"，谓其"立德、立功、立言三不朽"，谓其成就"震古铄今"。

我们知道，人无完人。有道是，欲其灭亡，让其疯狂。因为要么有权，要么有财的某些得势者，只知道自己可以呼风唤雨，可以为所欲为，因为得意忘形，所以，或许根本不知道，人们尊重他敬畏他的是其地位或者财富，而未必是他的人品和智慧。或许根本不知道，自己拥有的地位和财富，未必是智慧和能力所得；或许根本不知道，当下并不代表未来。

或许根本不知道，由不得他随意贪求和攫取，也容不得其随意挥霍。或许根本不知道，每一次一丝一毫的贪婪，或许就是压垮骆驼的最后一根稻草。或许根本不知道，人性有缺陷，贪婪有惯性，贪婪和滥权是一条不归路……

因为得意忘形，所以全然忘记初心，全然忘记该如何做人，全然忘记了敬畏、感恩、慈悲和平等。

贾谊曾说，贪得无厌的人为追求钱财而不惜一死，胸怀大志的人为追求名节而不惜一死，作威作福的人为追求权势而不惜一死……同是明灯，方能相互辉照；同是一类，方能相互亲近。人世间万物的本来面目终究被揭示得清清楚楚。德不配位，必有灾殃；德若配位，自有担当。

青山到处埋忠骨

林森，福建闽侯人。1905 年，加入中国同盟会。1909 年，任职九江海关时，与吴铁城等设立书报社，联络新军，多方从事反清革命活动。1911 年武昌起义后，任九江军政府民政长。1912 年，当选为南京临时参议院议长，后因反对政府北迁而辞职。1913 年，"二次革命"失败后，在日本加入中华革命党。翌年，前往美国筹募讨袁资金。1917 年，随孙中山赴广州发动护法运动，一度任大元帅府外交部长，积极维护孙中山的护法领袖地位。1924 年 1 月，当选为国民党一届中央执行委员。1927 年 9 月，任南京国民党中央特别委员会委员。1928 年后，历任国民政府委员、立法院长、国民党中央监察委员等职。1932 年元旦，正式出任国民政府主席。林森虽身居高位，但从不以贵人自居，"平民元首"的形象让人们肃然起敬。

连江青芝寺，据说始建于唐朝，原在八仙岩。明万历四十年（1612），工部侍郎董应举退隐归田，倾其家产，开拓青芝山景观，移建青芝寺于现址。民国时期，成为福州文人名流的聚会场所。

明朝三朝首辅叶向高是福建福清人，经历与张居正相似，也是万历内阁首辅，但比张居正晚 20 年左右。据我所知，叶向高首辅有才有能力，但却没有遇到明君。因此，晚年的叶向高喜欢游山玩水，而且到处题诗赋词。比如在宁都支提山华严寺，也就是天冠菩萨道场，也题过诗。

叶向高在担任首辅期间遇到了重重阻力，其中阻力最大的就是和魏忠贤斗争与周旋。值得一提的是，叶向高登上首辅之位三个月后，做了一件大事，那就是给张居正彻底平反。

叶向高游览青芝寺留下了《游八仙岩》：

菡萏峰高俯碧流，盂溪环绕近沧洲。
天于灵境留仙住，海涌神山壮客游。
古洞云深藏蝙蝠，悬岩石出象猕猴。
千丰胜迹今方辟，好对青尊共拍浮。
丹梯百丈接岩扉，古寺青芝隐翠微。
山馆夜深闻虎啸，海天秋晚见鸿飞。
闲随樵伴时看弈，静掩禅关自息机。
我已投林君早出，沧江未许恋渔矶。

1930 年，青芝寺大雄宝殿被大火焚为焦土，琯头名绅林焕章、陈彦超电报报告林森。林森则在南京为青芝寺募捐汇回重建大雄宝殿。也因为这次重建，青芝寺的外观发生了巨大变化，逐建成了一座新颖独特、中西合璧的大雄宝殿。

青芝寺的镇寺珍宝也大多与林森有关。

早在 1923 年，历"倒林拥萨"风波，政坛失意的林森隐居青芝山。他对青芝山一见钟情，此后一直念念不忘，出资重建青芝寺。因适逢乱世，他最终未能如愿埋骨于此，但是青山何处不埋忠骨呢！大丈夫当四海为家，当以无愧于人、无愧于天。

　　林森的爱情故事也十分凄美。传说，林森和表妹青梅竹马，两人互相有意，可惜因为父母的阻挠，林森最终还是另娶了他人。林森的表妹痴情不改，一直等着他。

　　多年后，表妹得知林森的原配妻子病逝，就有意与他再续前缘，可是表妹的母亲并不同意，表妹便悄悄找到林森，想和他一起私奔。林森深知自己作为革命者可能随时为国尽忠，他不想再耽误表妹的青春，便劝说表妹还是另觅良人。表妹听了心如死灰，回去后竟自尽了。林森听闻后悔不已，从此再没娶妻。1943 年，他因车祸去世。

于右任《望故乡》

葬我于高山之上兮，望我故乡；故乡不可见兮，永不能忘。

葬我于高山之上兮，望我大陆；大陆不可见兮，只有痛哭。

天苍苍，野茫茫，山之上，国有殇！

这是于右任先生啼血诗篇，已广为中华子孙传诵。

在中国台湾，于右任晚年非常渴望叶落归根，但终未能如愿。他这首著名爱国诗作发表于 1964 年 11 月 10 日。之后，于右任先生在台北谢世。浅浅的海峡是最深的乡愁。晚年羁留台湾，于右任身边没有一个亲人，故土之思、黍离之悲，所以才有《望故乡》这刻骨铭心之作。

有人说，能够为两岸人民共同尊敬的人当然是孙中山。除孙中山先生之外，恐怕就是于右任了。于右任是孙中山的忠实追随者。他一生中作书最多的是"为天地立心，为生民立命，为往圣继绝学，为万世开太平"。

当代哲学家冯友兰称这四句话为"横渠四句",因其言简意宏,历代传诵不衰,更多次被领导人引用。这四句话非常能够表达一个人对国家、对社会的担当和使命,有着强大的民族凝聚力。

当然,"横渠四句"是圣人的标准,一般社会脊梁和精英都做不到,因此我非常赞赏于右任先生的一副对联:"计利当计天下利,求名应求万世名。"这恰恰与置社会责任、国家利益、民族大义于不顾,时刻想着个人及家族利益的精致利己主义者形成鲜明对比。

我们要在高质量发展中促进共同富裕,正确处理效率与公平的关系,构建初次分配、再分配、三次分配协调配套的基础性制度安排,加大税收、社保、转移支付等调节力度并提高精准性,扩大中等收入群体比重,增加低收入群体收入,合理调节高收入,取缔非法收入,形成中间大、两头小的橄榄形分配结构,促进社会公平正义,促进人的全面发展,使全体人民朝着共同富裕目标扎实迈进。

于右任到底是"西北奇才"。由于清廷下令拿办于右任,1904年,他逃离开封到上海,化名刘学裕,入马相伯创办的震旦学院读书。1905年,于右任出钱、出关系并聘用马相伯、叶仲裕、邵力子等共同另行筹组复旦公学。

之后,于右任为创办《神州日报》赴日本考察并募集办报经费,在日本得会孙中山,并加入同盟会。创办《神州日报》《民立报》,积极宣传民主革命。"二次革命"失败后,《民立报》被查封,于右任避居日本,从事反袁斗争。20世纪二三十年代,于右任大显身手:创办上海大学并担任校长;国民党在广州召开第一次全国代表大会,于右任当选为中央执行委员;与冯玉祥、刘觉民等人解救西安之围，出任驻陕总司令；担任国民政府审计院长、监察院长。 从 1929 年开始从事历代草书之研究，之后又发起成立草书研究社，创办《草书月刊》；1932 年秋，筹备建设国立西北农林专科学校……

弘一法师"悲欣交集"

弘一法师不仅是近现代佛教历史上一位杰出高僧，还是中国新文化运动的先驱，卓越的艺术家、教育家、思想家。他是集诗、词、书、画、篆刻、音乐、戏剧、文学于一身的全能大师、旷世奇才。弘一法师俗名李叔同，浙江平湖人，生于天津。他曾创办春柳社，主演《茶花女》，又主编《音乐小杂志》。1918 年，于杭州虎跑定慧寺出家。同年，受戒于灵隐寺，常闭关著述。之后，他苦心向佛，过午不食，精研律学，弘扬佛法，普度众生，是佛教律宗第十一代祖师。1928 年起，常居厦门南普陀及泉州承天、开元等寺。曾创设"南山律学院"，弘扬南山戒律，并提出"念佛不忘救国，救国不忘念佛"的主张，圆寂于泉州温陵养老院。

多位大德名流给予弘一法师崇高的评价。中国佛协赵朴初老会长赞其："无尽奇珍供世眼，一轮圆月耀天心。"太虚大师赞其："一教印心，以律严身，内外清净，菩提之因。"

我们对于弘一法师最耳熟能详的，莫过于其《送别》：

长亭外，古道边，芳草碧连天。晚风拂柳笛声残，夕阳山外山。

天之涯，地之角，知交半零落。问君此去几时回，来时莫徘徊。

弘一法师绝笔"悲欣交集"，"悲"和"欣"本身就是相对的，"交集"更耐人寻味。一般认为，"悲欣交集"是弘一法师对自己前半生和后半生、出家前和出家后一生的总结，为自己的一生画上了句号。

大家知道，"慈悲"是佛教术语。大慈与一切众生乐，大悲拔一切众生苦。由于弘一大师发心广大，度生心切，又能见闻佛法，可以真正去实践度生大愿，此种悲与欣之心境交集在一起，非语言文字所能表达。

弘一法师临终前曾说："我生西方以后，乘愿再来，一切度生的事业，都可以圆满成就。"大愿如此，要成事实，能不"悲欣交集"？！

此外，以凡情揣度，所谓的"悲"，即悲哀，究其一生，虽然大彻大悟，但回顾一生，终有不如意、不如法，究竟有要背负的因果。

所谓的"欣"，即欢喜，来自自己悲悯众生沉沦生死之苦，欣喜自己离苦得乐，了却多生多劫度生"普利一切诸含识"之大愿。

以圣心之揣度，谓之悲欣，亦即无悲无喜、无悲无欣，可以圆满成就，而欣慰无量……

真正的万里长城

　　相传，康熙于一日带文武百官实地巡视长城，决定是否实施维修。康熙在长城之上看到了张廷玉涂鸦的诗句："百年英雄百年梦，万里长城万里空。"就立即召张廷玉觐见。其实，是否维修长城之事，雄才伟略的康熙早就胸有成竹。

　　康熙看到张廷玉的诗句后龙颜大悦，因为他发现了真正的英才。康熙当时就做了一个决定，让已是六品官员的张廷玉去当七品知县，然后告诉左右大臣，如果张廷玉政绩卓越，马上提拔重用。

　　张廷玉到底出类拔萃，不久就入值南书房，进入权力中枢，后历任礼部尚书、户部尚书、吏部尚书，拜保和殿大学士（内阁首辅）、首席军机大臣等职，谥号"文和"，配享太庙，是清朝唯一配享太庙的汉臣。

　　年轻的进士张廷玉不仅智慧超群，出类拔萃，而且有很大的格局和器识，可从他涂鸦的诗句中领悟，这是一般官员，特别是绝大部分年轻的官员达不到的。这是张廷玉取得成绩的原因，也是康熙赏识他的真正原因。

翻阅中国历史，不难发现，任何官员最终成败得失，的确与其格局和器识有关。

有两句名言值得我们学习和感悟：一是"功成不必在我，功成必定有我"，二是"苟利国家生死以，岂因祸福避趋之"。

一朝天子一朝臣

南京有一条巷子秦状元里，这条巷子走出了两个状元。第一个是秦桧，第二个是秦大士。

由于秦桧是南宋杀害抗金英雄岳飞的奸臣。历史上对于秦桧状元头名不予记载。由于秦桧名声不好，其后人也遭到连累。到了乾隆十七年（1752），南京又出了一名状元秦大士。其自幼聪明好学，38岁时，被乾隆皇帝御笔钦点为状元。

乾隆皇帝怀疑他是秦桧的后裔，担心有辱朝廷名声，于是，亲自召见秦大士，问道："你是不是秦桧的后代？"秦大士顷刻汗如雨下，不知该如何回答：若如实相告，对前程不利；若是否认，便是欺君之罪，更对不起祖宗。

在生死抉择关头，秦大士高声说道："皇上，一朝天子一朝臣！"到底是大才子，机智过人，言外之意是说，宋高宗是昏君，用的是奸臣，而乾隆是明君，用的自然是忠臣。此言一出，便流传后世。乾隆皇帝龙颜大悦，欣赏其过人才智，当即钦点秦大士为大清朝第43位状元。

秦大士到底大才，高中状元后为改变数百年来人们对秦氏后人的看法，竟胸有成竹地前往杭州西湖祭拜岳飞。在岳飞墓前，看到秦桧夫妇的塑像被反绑双手，长跪于此。秦大士沉思片刻，写下了流传千古的名句："人自宋后羞名桧，我到坟前愧姓秦。"

据记载，李广在陇西担任太守时，当地的羌人曾发动叛乱。李广率军出征，没费周折便平定了叛乱；但是，李广千不该万不该，将投降的800多羌人官兵和百姓全部处死了。

李广在向朝廷汇报此事时，说自己这么做是考虑到羌人叛附无常，此次未必是真心归附，若不果断处置，日后会有大患。

且不说羌人是不是诚心归附，这种做法至少犯下了三个大错：一是此举大大损害了汉朝的形象，边地各民族都会觉得汉朝原来如此残忍薄恩，不值得归附；二是坚定了叛军的死战之心，以后只要作乱，叛军定会抱必死之心负隅顽抗，这无疑大大增加了朝廷平叛的难度，也会造成汉军官兵更多的伤亡；第三，滥杀无辜，是最关键、最致命的。

历史名将白起也大肆坑杀降军，滥杀无辜。

特别有意思的是，与秦大士同朝为官的岳钟琪将军是岳飞的第21世嫡孙、岳飞三子岳霖的后裔。其父岳升龙为康熙时代的议政大臣、四川提督，当年随康熙皇帝西征噶尔丹，颇有战功，康熙帝曾赐予匾联："太平时节本无战，上将功勋在止戈。"

尽管
看透了人生
却
看不见清风

尽管
悟透了天命
却
做不到放下

尽管
深谙道法自然
却
难以天人合一

尽管
深谙修齐治平
却
难以知行合一

深信
百年英雄皆是梦
千秋功业究竟空

深信
无缘慈同体悲
是最无上悲悯

北京中轴线

北京故宫太和殿俗称金銮殿，是东方三大殿之一，是中国现存最大的木结构大殿，是故宫里规模最大的建筑，高达 7 米，面积有 2000 多平方米。太和殿房顶是重檐庑殿顶，又称"五脊顶"，只能用于皇宫和最重要的庙宇。当然，一般来说，古代屋顶上脊兽最高品级为 9 个，而太和殿则多加一个行什，共有 10 个，成为整个中国古代建筑中最独特、最尊贵的形式。即一龙二凤三狮子，天马海马狻猊，狎鱼獬豸斗牛，十行什。

那么，金銮殿的中心位置是怎么确定的？我们知道，两条不平行的直线必然相交于一个点。紫禁城后面有据传为正北方子龙入首的秀丽端正的景山，从这里可以画出一条中轴线。北京地处燕山山脉，山势陡峭。地势西北高，东南低。从这里再画一条直线，与刚才的中轴线相交的点，就是金銮殿的中心点。

在清宫戏中，皇帝经常在南书房读书，发布政令。大家知道南书房的对联内容是什么吗？共 10 个字："恶不忍心做，善必乐意为。"堂堂大清天子的南书房，时时用此对联提醒皇帝和大臣们，你说这个对联是不是十分耐人寻味？

　　还有，我们说买东西，而不说买南北，为什么？长安，现在的西安，有一条朱雀大街贯穿南北，其东西边便是集市，人们可以到东西集市买到货物，于是叫作买东西。

悟·归却闹市悟繁花

百世传承，道德为根

　　"王侯将相，宁有种乎"最早见于司马迁的《史记·陈涉世家》，出自陈胜之口，其大意是，那些王侯将相，难道天生就比我们老百姓尊贵吗？作为秦朝农民起义的领袖，当时说这句话是为了激起老百姓的反亢之心，使起义者们团结起来，推翻秦朝的暴政。秦二世元年，也就是公元前 209 年，陈胜和一干穷苦百姓被朝廷征派去戍守边疆，行军到半路，天下大雨，冲垮了道路。按照秦朝律令，凡是没有按时到达边疆岗位的，一律按逃兵处置，一旦抓到，立即斩首。

　　在此危急存亡之时，陈胜与吴广协商，决定以秦始皇长子扶苏以及楚国大将项燕的名号进行起义，反抗秦二世的暴政。为此，他们找了一个算卦的占卜吉凶，并且将"陈胜王"的纸条塞进鱼肚子中，在军营四周假扮狐仙支持陈胜造反，以造声势。

　　这些措施使得陈胜在戍边士兵中获得了极高的声望，然后陈胜又略施苦肉计，激怒了押送戍边士兵的看守，使得戍边士兵们反抗的热情高涨。就在此时，陈胜喊出了这句著名的"王侯将相，宁有种乎"，打响了反抗秦朝暴政的"第一枪"。

隋朝建立的科举制度在一定程度上回答了这个问题。

我们知道，科举制度不仅是古代最公平的人才选拔形式，而且还吸收了大量出身中下层社会的人士进入统治阶层。科举制度始于隋朝，由隋文帝杨坚创立。为了能够加强皇权的统治，执政者用科举制度代替了原来的选拔制度。到了唐朝，科举制度逐渐完善，被分为常科和制科两种类别。到了宋朝，改革了科举制度，明确了考试时间，建立了防止徇私舞弊的系统，在考试内容上也发生了重大变化。

中国古代科举考试，最重大意义在于彻底打破了秦汉以来依靠血缘世袭和世族关系的用人制度，到清朝末结束，经历了1300多年历史，共产生777位文武状元。状元大省前五名分别是江苏60人，浙江54人，河南37人，福建33人，山东30人。

林则徐说得好，留给子孙财富，不如留给子孙福德。子孙不如我，留钱有何用？子孙胜过我，留钱要何用？！

林则徐祖籍福建莆田，妈祖林默和林则徐都是九牧林氏后代。林则徐先祖世居莆田，后迁居福州。妈祖是口述历史、地方信仰和民间习俗的核心人物，她的信徒遍布中国沿海地区。传说中，妈祖于10世纪出生在福建省莆田市的湄洲岛，因试图营救船难幸存者而丧命，为了纪念她奉献生命帮助以捕鱼为生的乡亲，当地居民着手修建寺庙，口耳相传，渐渐转化成女神象征。

据传，林则徐从小深受妈祖的"立德、行善"精神熏陶。作为林氏的后裔，要积极继承和发扬妈祖和林则徐身上所体现中华优秀传统文化和传统美德。

在我看来，当您有一定学历，读书读到一定程度、层次的时候，有些书的确不值得一读了。因为一些书的作者立意、境界、修为不高；一些作者甚至诲淫诲盗，这样的书不仅不值得读，而且还会有不好的影响。

　　因此，作为长辈，我们能够做的，是率先垂范，培养子孙后代，使他们能够将平等、慈悲、敬畏、感恩和宽恕等价值观内化于心，融入血脉。通过这样的教育，使他们能够不屈不挠，拥有坚强的意志和智慧的心识。

归却闹市悟繁花

　　五台山佛教协会会长释昌善大和尚和五台山大显通寺住持释静行大和尚都是我的好友，到了五台山，我就常常住在大显通寺并与大显通寺大德僧一起在五观堂用餐，偶尔会住在黛螺顶并用餐。

　　当然，住在大显通寺，常常夜访静行大和尚。

寺居少邻并，
石阶上主园。
山墙分野色，
移石动云根。
僧宿殿后寮，
夜敲月下门。
暂留还离此，
闲居不负言。

寺院的五观堂是僧侣用餐的地方，而五观则是指以下五种：一是计功多少，量彼来处；二是忖己德行，全缺供应；三是防心离过，贪等为宗；四是正事良药，为疗形枯；五是为成道业，应受此食。

当然，有些修道之人，以天地为庐，以四海为家，到处都可以吃住。露天宿地，明月星辰、海雨天风，参透五台峰顶雪，归却闹市悟繁花。真可谓：

> 月到天心处，风来水面时；
> 一股清异味，略得少人知。

平时有听大和尚说，释迦牟尼佛涅槃之后，比丘要依四念处而住，即身、受、心、法——观身不净、观受是苦、观心无常、观法无我。修到"内无六根，外无六尘"，践行悲不住三有，智不入涅槃。释迦牟尼佛涅槃前最后训诫：

> 点亮自己的灯火，做自己的一盏灯。
> 觉醒吧！
> 行持正法，专注你的内心。
> 向自己皈依，勿依赖他人。
> 一切皆无常，将自己安住其中。
> 精进不懈，永不认输！

1916 年，孙中山先生游览普陀山，并撰写了《游普陀志奇》。文中这样写道："凭高放览，独迟迟徘徊。已而旋赴慧济寺，才一遥瞩,奇观现矣!则见寺前恍矗立一伟丽之牌楼,仙葩组锦,宝幡舞风,而奇僧数十,窥厥状似乎来迎客者。殊讶其仪观之盛,备举之捷,转行转近,益了然。见其中有一大圆轮,盘旋极速,莫识其成以何质,运以何力。

"方感想间,忽杳然无迹,则已过其处矣。既入慧济寺,亟询之同游者,均无所睹,遂诧以为奇不已。余脑藏中素无神异思想,竟不知是何灵境。然当环眺乎佛顶台时,俯仰间,大有宇宙在乎手之慨。而空碧涛白,烟螺数点,觉生平所经,无似此清胜者。"

雪与丰年

这几天，全国又一次大面积降温，不少地方普降大雪，有些地方因为大雪纷飞而逼停几趟高铁。说实在的，多少年来，我一直盼望自己能与大雪纷飞来一场邂逅。今天凌晨，查看浏阳天气预报，我终于盼到了浏阳的飘雪，毕竟我在深圳生活工作30余年，根本没有见到雪。

我们知道描写雪的绝句，有杜甫的"窗含西岭千秋雪，门泊东吴万里船"，柳宗元的"孤舟蓑笠翁，独钓寒江雪"，以及卢梅坡的"梅须逊雪三分白，雪却输梅一段香"，等等。

纵横两千年，古时文人墨客已经把"雪"写到极致，我们大体只能望洋兴叹，但是，文字是活的，我可以自己的方式表达不同的情感：

雪
没有雨的单调
没有雨的无情

没有雨的冷漠
没有雨的忧伤
却是
雨的升华
雨的灵魂

以温柔与挚爱
以圣洁与信念
带给人间
祥和与希望
一片片
一朵朵

飞向人间
奔扑旷野、江河、海洋

心有向往身却无常
雾一程
在朦胧中飘零
风一程
在疯狂中起舞
迷一程
在痴迷中追寻
恋一程
附着在梅梢

守候绽放
匍匐在大地
坚定守望

因缘际会为业轮回
一世高洁无怨无悔

在我的记忆里，半个多世纪中，福建老家总共只下了三场雪，其中，还有一场是珍珠雪，所以对于我来说，家乡的雪花飘飘异常珍贵。当然，在合肥、武汉、上海、天津等地上学时候，以及工作之后出差到北方，会偶尔见到雪。而我的欢喜程度，大家可以想象。

值得一提、记忆犹新的是，20世纪80年代初，有一年，我留在大学过春节，刚好合肥温度降至-12℃，下了一场大雪，积雪大约20厘米。大年初六那天，我们几个同学约到肥东赵同学家玩。真可谓"从肥东到肥西，买了一只老母鸡"。赵同学家热情地宰鸡款待了我们。在返校的路上，我们兴高采烈地"不走正道"，却走在冰封的小河上，走着走着，不知动了哪根神经，我调皮地一跺脚，结果冰雪塌了，棉鞋进水湿了。

到底年轻，我的脚也不觉得太冷。当然，我生来就抗冷，记得有一次在哈尔滨冰雪大世界，-40℃左右，我也是仅仅穿着单皮鞋和羊绒衫，并没有穿羽绒服或者厚实的棉袄。相对于火炉与多雨的南方，说实在的，我非常喜欢雪花飘飘的北国。

我想，许多南方人会与我一样喜欢雪，不仅是南方多雨少雪的缘故，更是因为伟人《沁园春·雪》的与无伦比的气势磅礴与潇洒豪迈。

　　以往看到网上许多人玩雪、拍雪的视频，真是十分羡慕。想象这几天或者今年春节在浏阳和福州乡下老家，可以遇见一场大雪，再想想"瑞雪兆丰年"，心里暖烘烘的……

闲谈为人处世

2023 年 12 月 25 日中午，第二届中国文化传承与发展高峰论坛暨杭州颁奖大会结束之后，我利用两个小时的时间匆匆忙忙游览了中国佛教禅宗十大古刹之一的灵隐寺。记得我第一次来杭州并游览灵隐寺是 1991 年秋的事，之后虽然我多次出差杭州，因为种种原因都没有游览灵隐寺。

被誉为江南禅宗之祖庭的灵隐寺始建于 326 年，距今近 1700 年历史。灵隐寺地处杭州北高峰西南麓，背靠北高峰，面朝飞来峰，风景秀丽。灵隐寺内除天王殿、大雄宝殿、观音殿、华严殿、药师殿等主要建筑之外，设有大名鼎鼎、世称"活佛"的济公殿。济公最初在浙江天台山国清寺出家、修行，后到杭州灵隐寺居住，在慧远禅师圆寂之后离开灵隐寺，并拜在净慈寺德辉禅师门下，最终圆寂在净慈寺，之后归葬在了杭州虎跑山上。

灵隐寺不仅佛像雕塑精美，壁画栩栩如生，而且寺院藏有丰富的佛教文物，如古代佛教经卷、佛像、法器等，具有极高的历史文化价值。当然，寺内许多珍贵的古树名木，如银杏、樟树等，也为寺院增添了一份清静与神秘色彩。

而我不得不在灵隐寺的著名对联"人生哪能多如意，万事只求半称心"之前驻足。是啊，做人不要也不可能追求完美，而是要知足常乐。据此，有人则演绎出另一对联：

不如意事常八九，
可与语人无二三。

不过，我则不这样认为。那是因为在我看来，存在即合理，发生即正确。

半江碧水半江浊
半闭半睁看福祸

半天云雨半天晴
半真半假对世事

拿"不如意事常八九"来说，你若知足，就没有太多的不如意；有言道，知足常乐，知足无忧，不过，尽管"不如意事常有八九"有些武断，但从安慰世人的角度也是对的，因为人世间不如意的人、不如意的事，究竟还是绝大多数。

拿"可与语人无二三"来说，如果你能光明磊落、坦坦荡荡，就没有那么多的顾忌；如果你能做到所讲皆真话，真话不全讲，可以讲话的人，就不至于没有二三人了。

由此，对待成败得失，与人交心，关键看你自己的为人，和把握好度的问题。

至于如何对人，我们则可以从一则故事中理解和感悟。宋代大文豪苏轼非常喜欢谈佛论道，和佛印禅师关系很好。有一天，他登门拜访佛印，问道："你看我是什么？"佛印说："我看你是一尊佛。"苏轼闻之飘飘然。佛印又问苏轼："你看我是什么？"苏轼想难为一下佛印，就说道："我看你是一坨屎。"佛印听后默然不语（也许是气得说不出话）。于是，苏轼很得意地跑回家见到苏小妹，向她吹嘘自己今天如何一句话噎住了佛印禅师。苏小妹听了直摇头，说道："哥哥，你的境界太低，佛印心中有佛，看万物都是佛；你心中有屎，所以看别人也就都是一坨屎。"

如果说，这是境界问题，还没触及问题本质；那么，这个故事的本质是什么？

从立论的角度看，众生不是佛，佛的眼里也不会全是佛。众生是凡夫智，而佛等圣人是无分别的现证智慧。可见，凡夫与佛是不一样的。既然不一样，为什么还说"佛的眼里都是佛"？因为之所以是凡夫，是被深深打上凡夫的烙印，其身上习气不会轻易改变。那怎么办呢？对于佛来说，或者，对于相对有智慧的人来说，那就干脆无分别对待。我的回答是，您就是您，佛印和尚，独一无二。当下，他就是佛印，是人间一分子。

因此，对于世间人事，我们既不献媚，更不能违心。

名利场，
虽然熙熙攘攘，
生死路，
从来独来独往，

人身难得易失，
人生苦短无常，
人生际遇，
有常堆积着无常，
遇见所有人，
成就一切事。

讲过的话，
温暖的悲伤的，
做过的事，
成功的失败的，
所有恩怨情仇，
所有荣辱得失，
大凡有所得到，
必然有所失去，
大凡财富抵消一些名誉，
大凡名誉抵消一些财富，
一切皆是平衡，
一切皆归平衡，
因平衡，
成就了短暂平静，
因平衡，
成就了短暂人生。

每个人，

幸福着自己幸福，
痛苦着自己痛苦，
万般滋味，
谁人能懂，
谁人能替，
就算眷属，子孙，
就算知己，知音。

人生如戏，
注定孤独，
哪怕天天灯红酒绿，
哪怕时时前呼后拥，
谁，懂你的辛酸隐忍，
谁，懂你的落寞孤寂。

人生，应有最好的朋友，
人生，应寻最好的导师。
向善皆净土，
孤身向天涯，
终究无所住，
何处不旧家。

闲话清高

历史上有一位皇帝曾问一位高僧江上有多少只船，答曰有两只船，一只为名，一只为利。在此，我要再加上一只，那就是情（色）。如果一个人看淡名利情，自然就会清心寡欲，自然不会喜欢热闹，自然会表现常人有所不能理解的清高。事实上，痴迷名利情就是贪嗔痴。从这个意义说，清高可谓是较高的境界。

"天下熙熙皆为名来，天下攘攘皆为利往。"能少一点儿名利就多一点儿清闲，能多一点儿宽恕就少一点儿纠结，能多一点儿智慧就少一点儿烦恼。很多人因为贪嗔痴疑慢，为自己找来无限的烦恼、痛苦和灾难，不忘初心方得始终。不人云亦云，不羡慕嫉恨，不幸灾乐祸，不骄傲自满，不得意忘形，不沽名钓誉，更不男盗女娼，坐看云卷云舒，笑观花开花落。

每一个人都得为自己的言行举止负责，每一个人终究要为自己的言行举止买单。有道是：心宽不伤人，念纯不伤己，宽到无心方放下，纯到无念方了然。

人世间的爱恨情仇、成败得失、悲欢离合，以及生老病死，要以平常心对待，随缘自在，自在随缘。

我们知道，人们为一件事而改变是容易的，然而，接受一种趋势或者改变一种思维逻辑定式，则非易事，那需要更大的胸襟、格局和智慧。

仰天一声笑

名利皆浮云

万丈红尘浪

淘尽了英雄

筋斗十万八千里

望断成败得失

观海江湖远

听涛天地宽

人的心性

非常认同这种说法：在某人面前，你或许会觉得自己一文不值，但在另一个人眼里，你或许就是无价之宝。所以，任何时候你都不要轻易贬低自己。在别人眼里无论你是什么，你只做自己而且做好自己，仅此而已。

于是，你无须自证，尽管有人"不惮以最大的恶意来揣测"你，指责你，甚至捕风捉影、有权欲加之罪地陷害你。

或许，当你在指责世道不公或者怨天尤人的时候，你是否有足够的智慧明了其中的缘由？

不要把财富看得太重。若真正看重生命，也不是看重自己的躯体，而是人生的意义和真谛。

任何人都得为自己言行以及思想负责，承担相应的后果。只有看到虚空的浩瀚和无限奥妙，才可能意识自己的无知和渺小。

对于一些人，听其言观其行，还是不够。因为人性有弱点，会言不由衷、装模作样。

由此，任何时候任何地方，都要坚持自己的主张，人的尊贵不在名不在利，而在于其心性，在于智慧、慈悲、感恩、敬畏、无私、平等、正义之心。

由此，我们自然不以成败论英雄，不以自己的卑微忐忑不安，不以自己的成就沾沾自喜。

总之，我们不高估，也不崇拜，做最好的自己，做心安理得的自己！

> 人生百年弹指之间，
> 日月沧海渺如微尘；
> 荣华富贵过眼云烟，
> 是非荣辱镜花水月。

> 红尘万丈三杯酒，
> 千秋大业一壶茶；
> 所言所行无愧天地，
> 起心动念可昭日月。

> 成败得失
> 无须怨天尤人；
> 生离死别；
> 淡然随缘自怎。

> 人生不怕挫折无惧失败，
> 总之不向命运低头；
> 生命不怕短暂不畏平凡，

总之不要好高骛远。

人，从来握拳而生，
人，终究撒手而去。
百年英雄百年梦，
万里长城万里空。

不公不平委屈，
听之任之随之，
一笑置之；
逆言谗言妄言，
不思不想不念，
顺其自然。

莫叹人情冷暖世态炎凉，
且看潮起潮落云卷云舒；
莫叹青春易逝容颜易老，
且听流年若水岁月如歌。

多一些敬畏感恩宽恕，
少一些计较妒忌仇恨；
多一些时间给亲友，
少一些烦恼给自己。

仰望苍穹漫漫，

俯瞰沧海茫茫，
坐观潮起潮落，
笑傲人生沉浮！

人身难得人生苦短，
生死有命富贵在天；
随缘自在自在随缘，
天涯咫尺咫尺天涯。

为此，我们可以谦卑俯下高傲的身躯，坚定高贵的自心，心若光明，夫复何求？！

中道圆融

第五届世界佛教论坛在中国东南素有"海滨邹鲁"之美称的福建莆田盛大举办，50多个国家和地区的大德高僧齐聚一堂。

佛教传入中国后，同中国本土的儒家、道家文化相互促进，相互融会，丰富了中华文明的智慧宝库，对中华传统文化的传承发展产生了深刻影响。当前，世界正处在大发展大变革大调整时期，和平与发展仍然是时代主题，但世界面临的不稳定、不确定性也十分突出。佛教倡导众生平等、慈悲圆融、中道和平等理念，应该为促进世界和平、增进人类福祉做出积极贡献，推动人类命运共同体建设，共同创造人类的美好未来。

本次论坛的主题是交流互鉴，中道圆融。文明因交流而精彩，文明因互鉴而丰富。言语道断，心行处灭，叫作中道。

中道是自性、是本性，中道是真心。用真心、用本性，也是法界。而中道法界为所缘之妙境，若就能缘之妙智言之，则为止观。止观是一不是二。此妙境妙智，一体不二，故谓之法界即止观。止跟观是一不是二，互为体用，止就是定，观就是慧，意思完全相同。慧从哪里来的？慧从止来的；止从哪里来的？止从慧来的。你真看破，你心就定了，不再缘虑一切境界；心果然定了，智慧就起来。所以定慧可以互为体用，定是体，慧是用；慧是体，定是用，它是一不是二。凡所有相皆是虚妄，于一切有为法，就是一切生灭法当中，心得定，不攀缘。

圆融乃是自性圆融、圆融无二、圆融无碍法界法门。比如，法界圆融、三谛圆融。圆融在华严宗哲学中更显重要，有六相圆融、圆融行布、三种圆融等说法。

普陀山有大圆通殿。圆者周遍之义，融者融通融和之义，若就分别妄执之见言之，则万差之诸法尽事事差别，就诸法本具之理性言之，则事理之万法遍为融通无碍，无二无别，犹如水波，谓为圆融。曰烦恼即菩提，曰生死即涅槃，曰众生即本觉，曰娑婆即寂光，皆是圆融之理趣也。

正视自己

首先，你就是你，就是独一无二的。从遗传角度说，你仅仅传承父母身体上的某些特征及其疾病等，而作为独一无二的你，这里指的是"灵魂"。在生活中，绝大部分人仅对自己利益攸关、感情攸关的人与物感兴趣；绝大部分人都坚持认为自己比他人聪慧，自己的意见和想法是正确的，而只有少部分人会真正意识到自己不如别人，意识到山外有山、人外有人。我们没有必要执着自己的见解。

努力有时不是为了成功，而是为了尊严。最重要的是，我们要俯下自己高傲的身躯，仰起我们高贵的自心。

做人不能没有自信，但更多的时候需要有自知之明，最好是要"明因果""懂放下"，否则，日子不好过了，那又是何苦。

曾国藩说："勿与君子斗名，勿与小人斗利，勿与天地斗巧。"如若能够不计较、不较真、不攀比，不自不量力，我们就不会被外在的事物所累。

生活，
是个万花筒。

欣赏的，
鲜艳夺目；
承受的，
春泥残败。

生命，
本无太多的烦恼，
与痛苦。

如果有痛，
放手放下；
脚踏实地，
面向大海；
仰望星空，
日月乾坤。

明天，
太阳依然升起。

　　更多的时候，要清醒认识人生难得，生死事大的真正含义，努力做到"洋溢脸上的平静，长在心底的慈悲，融进血液里的精进，刻在生命里的智慧"。

只怕"伪知道"

《道德经》中说："天地不仁，以万物为刍狗。"本意是，天地无所谓仁，也无所谓不仁。天地生了万物，并没有想取回什么报酬。也就是说，天地看待万物是一样的，不对谁特别好，也不对谁特别坏，一切随其自然发展。换句话说，不管万物变成什么样子，那是万物自己的行为，与天地无关，天还是干天的事，地还是干地的事，一切犹如随风入夜，润物无声，天地最是自然不过的。《道德经》还说："天道无亲，常与善人。"意为上天不分亲疏，经常眷顾善于顺应天道的人，这也是同样的道理。

人们可以不懂天地不仁和天道无亲的真正含义，但不应该胡诌什么假慈悲。就慈悲喜舍的世界，一切众生包括一切有情与无情皆平等、无私。

慈悲在心，而不在装模作样的言行。在《农夫与蛇》的寓言里，农夫是愚蠢和假慈悲吗？如果认为农夫没有足够智慧，可以理解和接受；如果认为农夫假慈悲，那就是没有真正理解慈悲喜舍的含义。

　　试想一下，人们该不该有自己的世界、自己的喜怒哀乐，你能轻易理解他们并进入他们内心世界吗？你真具慈悲喜舍之心，努力帮助他们吗？！如果是自己做得不够，你有什么理由说安排的人是假慈悲呢？凭什么如此固执与武断？！

　　在天地的眼里，一切众生平等无异。

　　曾仕强先生说　不是替天行道，而是"体天行道"，也就是说，在体悟天道之后，认真做人做事。做事之前，把问题想清楚，包括最高目标和最坏的结果，然后认认真真地去做，最后的结果要高高兴兴地接受。这也叫"尽人事，听天命"。

万里航行万里月

大家知道，有一富有禅意的诗词："千江有水千江月，万里无云万里天。"月照江水，无所不映。任何一条江河，只要有了水，就会有明月。同样地，天空有云，云上是天。只要万里天空都无云，那么，万里天上便都是青天。

在江湖，一直在航行。所到之处、所在之处都会有月亮。只要你想得通、看得透，能够忘得了、放得下；只要你舍得精进，守戒忍辱，自然可以禅定而般若。

同理，人生是由一段又一段的时间构成，正如万里天空可以分成一片又一片云天一样，只要你在一刹那，没有物欲、烦恼，那么，这一刹那你就是获得了自由。只有你在举心动念之间，没有任何邪恶、非分之想，哪怕是一丝一毫，那么，这一片又一片的天空便是无云。

既然你在航行，既然你在移动，你便会看到不同的月亮，你便会有月圆的时光。而且，你头顶的天空也会有不一样的精彩。

以公平心对待万事万物，以自心符合天心对待万事万物，你的心空就会没有任何云朵；抓住刹那间，把握住举心动念的瞬间，没有物欲，没有烦恼。

人的无知往往缘于贪婪，而贪婪让人失智，产生偏见。人的真正尊贵不在名利，而在于心性，在其慈悲、平等、无私及智慧之心、之言、之行。

订下来世一轮明月

陈继儒说："宠辱不惊，看庭前花开花落；去留无意，望天外云卷云舒。"张廷玉说："百年英雄百年梦，万里长城万里空。"

终究，我们都是匆匆过客，一切名禄利养、一切成功与财富终究在一失人身的瞬间化为子虚乌有；但是，我们应该知道，今生今世言行以及思想，并不会因人身一失而消失。

历史上，永嘉玄觉禅师往曹溪参访六祖惠能，振锡扬瓶，绕祖三匝。六祖说："沙门应有三千威仪、八万细行，大德是来自何方，如何傲慢？"永嘉答："生死事大，无常迅速。"六祖回说："何不体取无生，了无速乎？"

可见，即使修行修到一念不生，万念不在，空空如也的灭尽定，也不能彻底了生死。只有放大心量，一切不执，随缘自在，妙用恒沙，最终证得佛的境界，才是究竟解脱。

作为普通人，我祈愿，以一世精进，订下来世的一轮明月。

借一滴水

折射阴晴圆缺
借一滴水
折射万丈红尘
爱恨不过一瞬间
成败不过一世间

借一滴水
折射知行合一
借一滴水
折射举心动念
佛魔不过一念间
生死不过一息间

酣畅淋漓

北上清凉山借道杭州，西子又以最"热情"的姿态迎接我，当天杭州是今年以来的第一个高温天，气温达38℃以上。记得两年前，我们到杭州拜访朋友，那时也是这样的"热情"，那一天高达39℃，我们从下大巴到坐上的士，就已经浑身湿透了。

十分幸运的是，昨天下午开始至晚上，我们又聆听了中国佛协原副会长、普陀山全山寺方丈戒忍大和尚许多教诲，其中最为深刻的算是"精神、灵魂浪费和堕落"的开示了。

他说，一个人如果不能热爱自己的身体和生命，那就是精神和灵魂浪费和堕落了，比如，本来应该11点前睡觉，因为看电视、刷微信、打麻将，超过12点还不睡，这是对自己身体生命的一种浪费，进而是对自己的灵魂和精神浪费和堕落。

他还说，修身齐家治国平天下，可以理解为热爱自己的身体、生命，热爱自己的家，热爱自己的国家，热爱全人类。

有时候，不需要许多高深莫测的道理，通俗易懂的语言更令人信服。

"天行健，君子以自强不息；地势坤，君子以厚德载物。"这两句话是《易经》经典之经典，一方面，我们需要自强不息；另一方面，我们需要厚德载物。把两者很好地结合在一起，就有了慈悲、智慧、平等和无私。

他说，他的师父有一首诗："单手握锄头，步行牵水牛。人从桥上过，桥流水不流。"可以说，这诗三岁孩儿写得，可是八十老翁写不得。为什么呢？很多人不是想单手握住一把锄头，而是想同时握住几把锄头，能握得住吗？

杭州的"热情"无非是让我们洒一身汗水，无损我们的精神、灵魂。我们不能使其浪费和堕落，不仅如此，灵魂和精神还需要不时补充能量……

寻访天下明师，读天下无字之书，祈请最智慧、最无私、最平等的导师的教诲，是人生最大的幸事！

淡然地放下

无论疼与不疼、愿与不愿、信与不信，你终究要淡然地放下，因为那是你必须偿还的债务。

无论明白与否、相信与否，人人都处在三角、多角债务债权之中，包括耿耿于怀的情债、钱债，甚至其他因缘所感的债务。

无论是否相信、是否情愿，这些债权或债务，生生不息，制造了人间多少悲欢离合、荡气回肠的故事。

无论愿意与否、有无意见，世间发生的一切皆不以人的意志为转移。

顺缘的人
给你快乐
逆缘的人
让你成长

顺缘逆缘

没有对错

人无缘不逢
缘尽则散
人无债不聚
债了则分

关心你的人
给你温暖
伤害你的人
给你经历

感恩所有的遇见
感恩所有的聚散
一切都是最好的安排

不必依恋，不必回首，断然前行，只管善良，尽力修行。

手心向下

俗话说"手心手背都是肉";但是,手心的方向是上是下则意义大不相同。比如,手心向上,多是索取;手心向下,多是奉献;手心向左,既可以是握手,也可以是打人。

虽说手心手背都是肉,但是,手心往往可抓好的东西,比如,抓钱、抓权,而手背却往往只有挨打的份,比如打针。

世间人成败得失不同。"可怜之人必有可恨之处"的说法不好,在我看来,你大可以怜悯他人、帮助他人,但何必憎恨他人呢?因为他与你无关,而他的可怜是因为贪嗔痴疑慢使然。既然他的所作所为与你无关,关你何事?倘若与你有关,你又该怎么办?

一直以来,人们都认为"人不为己天诛地灭"说的是人的天性和私心。其实,这种理解是千古之错。

曾仕强先生纠正说,"人不为己天诛地灭"中的"为",应读为 wěi,是"作为"的意思。那么,"人不为己"就是人如果不作为人自己的话,则会天诛地灭,而不是"人要为自己、让自己利益最大化而不择手段"的意思。

在我看来，倘若一定要区分"以直报怨""以德报德"，应该这样：对于善类，我们应当一视同仁，以德报怨；对于小人，我们应该以直报直。在我看来，我们主张对事以直报怨、以德报德；而对于人，则可以以德报怨，那是更高的格局和智慧。

世间多少有权势之人、富贵之人，对他人悲惨遭遇十分冷漠，无视他们的存在，如果他们是你的亲人、同胞，他们又会怎样？

有些人利令智昏，过于贪婪和任性，智慧变得相当低下。我们必须有一颗智慧、慈悲，感恩、敬畏，公平、正义之心……

悦己者智

有些人每每不如意，往往怨天尤人，而非从根本上解决问题，而非日积月累地积攒资粮，以期改变自己的现状。此为本末倒置，缘木求鱼。

若为智者，自然不会对自己的财富地位太多苛求，从而禅定而智慧。他不会太在意别人的标准以及评判，更多在乎自心清净平常。

最智慧的做人之道是让自己心安。其实，现实生活中，总有一些人不喜欢你我，也总有一些人喜欢你我，我们做不到让不喜欢你我的人对我们放心，而且也没有必要这样。

我们能做的、可以努力的，就是要以平常心对待万事万物，以公平之心对待万事万物。这样时时刻刻让自己心安理得，何须在乎别人评判，何须在乎最后的结果？

现在有许多鸡汤式忽悠，言辞华丽，逻辑思维看似缜密，但由于自身对世界认识的局限，很难到达我们期望的境界，甚至在误导人。

人想真正改变自己，一定要从自心开始，心外求发、求法，一无是处。

福虽不可激，
但有福可作。
祸虽不可避，
但有祸可远。

不积善，
不足以成名；
不积恶，
不足以灭身。

百年英雄百年梦，
万里长城万里空。
谨言慎行皆功业，
举心动念尽修行。

任何无常皆由无数有常积攒而成，凡事随缘，这样我们的心可以"随缘自在自在随缘，咫尺天涯天涯咫尺"。

半入江风半入云

　　人身本来难得易逝，人生本来苦短无常。人的情绪有起有落，人的生活有喜有悲，正如月有阴晴圆缺，日有朝起夕落一样，不必过于计较。人生就像海中有月，江中有月，流水中有月一样，更要知道终究是天上有月。

　　月有阴晴圆缺，人有悲欢离合；富贵无常，生命无常。

　　十五
　　月正圆
　　朗照河山
　　恩泽满乾坤
　　万象影现之中
　　一轮明月本无照
　　劫波度尽自性依旧

　　人生

盼圆满
心性无亏
诸事皆圆通
亘古循环至今
一轮明月本不二
万法皆空因果亦空

　　人的一生有自己喜欢和不喜欢的人和物，一般都是不可避免的。若想改变，只有改变自己的修为和境界，只有改变自己的心态和格局。既不要在不喜欢你的人和物中丢掉了欣慰，又不要在喜欢自己的人和物中忘却初心。人生短暂而辽阔，只要自己忍辱精进，生活总有祥和的月亮。人生不必苦苦挣扎，不必苦苦追求，不必苦苦相逼。无论如何，你只能得到应有的一份，而非应有尽有。

　　人可以有梦想，更应有信仰，至少要有信念；但最重要的是，人必须明事理、明"道"，不要自寻烦恼。

　　人生本应"一映流水一映月，半入江风半入云"。

选择简单

黄渤说得好，这个时代不会阻止你闪耀，你也覆盖不了任何人的光辉。每个人都不要与他人比，只可自立自律自强自觉；不要羡慕嫉妒恨，更不能有贬低踩人的恶意，尤其是对待自己身边优秀的或者超越自己的人。

人类往往羡慕嫉妒恨自己身边或者认识的飞黄腾达的人，往往不能容忍自己身边或者认识的人飞黄腾达。

只要人类有足够的智慧，就不会有羡慕嫉妒恨，也不会怨天尤人。天下没有免费的午餐，一切皆有可能。

无论如何

活法

你

每一个

言行

与思想

都种下

今后

成败得失

或者

生死存亡

甚至

世出世间

的种子

所有种子的

生根发芽

就交织并注定了

人生的苦短与无常

虽说富贵无常、生命无常，但是所有无常，皆由无数有常所致，量变质变。因此，勿以善小而不为，勿以恶小而为之。

有人说，命运由我不由天，也对；但我们必须把握好自己的一切有常，把握好自己的言行和思想。因此，我们对人要听其言而观其行，视其所以，观其所由，察其所安。当然，我们更要对己推人，严于律己。

曾国藩说，最聪明的做人之道是让人放心。我认为，最智慧的做人之道是让自己安心。若能让人放心，又让自己安心，我们的生活和工作则会风生水起。

我们知道，发生在自己身上的不愉快甚至意想不到的灾难，也不必怨天尤人。一些看似引发灾难的人和物，顶多算是导火线，是外因，根本在自己。

　　有道是，心宽不伤人，念纯不伤己。当然，心宽宽到无心，方放下；念纯纯到无念，方了然。

　　相信一切都是最好的安排，选择简单，是我们唯一的选择和出路，更是一种世界观和大智慧。

富贵无常

有一位朋友年轻的时候要协议离婚，让我找电脑把他们的协议打印出来，我帮着做了。后来，偶然读到一篇文章，说是历史上一位贫寒秀才为了养家糊口"卖字度日"。秀才一天傍晚回家，发现妻子没有做好饭。便问："你怎么不做饭？"妻子便反问："你今天做了什么不当的事？""没有啊。""不可能，请你如实告诉我。""我今天帮别人写了一张休书，不知是不是不当的事。""指定是，你绝对不能做这个。""那怎么办？""明天把钱还给人家，把休书收回来。"

次日，秀才以休书有笔误为借口让人家把休书拿出来，当场撕毁，退还佣金。当晚回家，妻子又做好了饭菜等着他。原来，秀才每天夜晚回来时，肩膀上都有两盏灯火，妻子远远都可以望见灯火，于是便准备饭菜。那天，秀才帮人写了休书之后，这两盏灯便没有了。于是，妻子便发现了蹊跷。再后来，秀才进士及第并做到宰相。此人就是吕蒙正。当我看到这文章之后，十分后悔。

我们知道，吕蒙正的糟糠之妻刘月娥不是一般人，她是堂堂相爷之女，不仅是大家闺秀，而且是个贤惠之妻。她不管家里怎么穷，总是跟着吕蒙正。夫妻俩住在寒窑，吕蒙正出去讨饭，夫人就拾草挖野菜。吕蒙正讨的饭自己一口不吃，聚了一大瓢，端回窑倒下加上野菜烧烧，夫妻一同吃个饱。吃饱了，就一同读书、吟诗，还议论天下大事呢。刘月娥到底是大家闺秀，饱读诗书。

当然，吕蒙正也绝非凡人。他就自己儿子荫封之事提出了异议，上奏皇帝说，臣以状元及第，释褐授官时，不过是九品京官。天下的人才那么多，有多少人虽然才学过人，却一辈子都不遇，不曾沾受陛下的恩泽，不曾享受皇家的俸禄。"我的儿子，才在襁褓之中，就荫封为六品官。这样的恩遇，对别人实在太不公平了。我怕他命小福薄承受不起，请陛下收回成命。如果一定要给他荫封，臣请求就封以臣当初入仕授官的九品京官吧。"从此，宰相之子荫封六品改为九品便成为定制。

我们可以从《了凡四训》中袁了凡的命运改变来感悟。

一切万物生与灭发展过程都有一定规律，这叫"道"；一切万物都相互影响、变化无穷，这叫"无常"。

"无常"意味着"有常"或者"定数"，也就是说，"无"就是"有"，"有"就是"无"。一切万物发展规律都是绝对、唯一、合理、必然的，这就是"有常"；这种有常又是随着相互作用的万物变化而变化，这就是"无常"。

不能预见且不断随时随境而变的无常并不可怕，只要因上精进、果上随缘，就可以不变应万变，随缘自在，自在随缘了……

贪婪、邪恶之人为一己之私，能骗则骗，甚至不遗余力地搜刮民脂民膏，殊不知，天下没有免费的午餐。

从曾国藩墓志铭说起

早在春秋时，鲁国大夫叔孙豹说："太上有立德，其次有立功，其次有立言，虽久不废，此之谓'三不朽'。"从此以后，立德、立功、立言"三不朽"成为千百年来无数仁人志士孜孜以求、梦寐以求的一种永恒的价值追求，但历史上真正能够做到"三不朽"者寥若晨星。

嗜书如命且读了一辈子书的曾国藩留给世人的墓志铭，却与张载的横渠匹句之类大不同，而是让不少人大跌眼镜的 12 个字："不信书，信运气；公之言，告万世。"

作为清代"口兴第一名臣"，曾国藩生前毁誉参半，既有洋务派"卖国贼"的恶名，又有在"天津教案"中杀人割地，开了"就地正法"先河的罪名、骂名；不过，深受世人褒奖的曾国藩家书涉及内容十分广泛，时至今日，其对事物的独到见解，尤其是对家事、人事、军事、国事等的处理方法，依然可以作为现代父母教导子女、树立良好家教的典范。

在我看来，曾国藩的确是一位实事求是的务实主义者。他曾说，最聪明的为人之道是让人放心。这是因为曾国藩功高震主，其为人处世，不得不低调，不得不让人放心。他是要让朝廷和皇帝放心；如果让人不放心，后果是可以想象的。这也是曾国藩上交兵权的主要原因。事实上，也只有委曲求全，才能做到让人放心。

就普通人而言，就没有这样的顾虑，所以，我认为，最智慧的做人之道，是让自己安心。如果你能时时、事事心安理得，再加上秉承精进、随缘的坚强和智慧，那么你的生活、工作就没有什么想不通、过不去的事情。当然，人在江湖，有许多迫不得已的时候，因此，我们既需要智慧做人之道，也需要聪明为人之道。

那么，"不信书，信运气"该不该让人感到诧异呢？我认为"大可不必"。子曰："吾十有五而志于学，三十而立，四十而不惑，五十而知天命，六十而耳顺，七十而从心所欲，不逾矩。"孔子的"五十知天命"刚好与曾国藩的"信运气"不谋而合、殊途同归。

对于起初屡战屡败或者屡败屡战，后来时来运转、人生"开挂"一般的曾国藩来说，起初读了半辈子的书，没有半点儿用处，以自己的人生经验得出了以上感悟，正如吕蒙正在其《寒窑赋》所说的："天不得时，日月无光；地不得时，草木不生；水不得时，风浪不平；人不得时，利运不通……"

人生在世，富贵不能淫，贫贱不能移。文章盖世，孔子厄于陈邦；武略超群，太公钓于渭水。颜渊命短，殊非凶恶之徒；盗跖年长，岂是善良之辈。尧帝明圣，却生不肖之儿；瞽叟愚顽，反生大孝之子。张良原是布衣，萧何称谓县吏。晏子身无五尺，封作齐国宰相；孔明卧居草庐，能作蜀汉军师。楚霸虽雄，败于乌江自刎；汉王虽弱，竟有万里江山。李广有射虎之威，到老无封；冯唐有乘龙之才，一生不遇。韩信未遇之时，无一日三餐，及至遇行，腰悬三寸玉印，一旦时衰，死于阴人之手。

许多人大体知道人生有使命，但绝大部分人都是按部就班地生活、工作着。其实，人们可以从《了凡四训》中的袁了凡的命运改变，感悟无常。

不能预见且不断随时随境而变的无常并不可怕，只要精进、随缘，以不变应万变即可。

愿做佛前那盏灯
破除心贼
永无贪嗔
智不住三有
伴山河
做照亮自己
的明灯

精进断挂碍
忍辱得自在
皈依究自心
智慧竟如海

愿做佛前那盏灯
破除心贼

永无贪嗔

悲不入涅槃

伴日月

做照彻昏蒙

的明灯

九牧林氏家风

林氏始祖为商朝贵族比干。比干 20 岁左右就以太师高位辅佐商德王，后又受商德王嘱托，辅佐商纣王。见商纣王残暴无道，比干多次犯颜强谏，终遭商纣王不满，于初冬时节被剖心杀害。

此时，比干夫人妫氏已经怀孕三月，担心祸及自身和胎儿，便带着几个侍女逃出当时的都城朝歌，藏进有着茂密之林的长林，在密林掩映的石洞里生下林坚。那时的林坚，不敢随父姓，也不叫坚，他的母亲只为他取名泉，字长思。

进入福建林氏始祖是林禄，林披是林禄公后裔，则是九牧林始祖。

唐朝福建九牧林的发祥地在莆田西天尾镇乌石村，有一座古香古色的仿宋建筑，大门边挂着一副对联："世界九牧发祥地，湄洲天后始祖家。"它就是世界九牧祖祠。

唐九牧林始祖林披就安葬在离祖祠不足 20 米的平地上，陵墓保存完好，规模庞大，和其兄阙下林韬、其弟游洋（雾峰）林昌的陵墓相连，称三台拱曜。每年都有很多的林氏后裔来此寻根谒祖，这其中不乏台湾同胞。邓林之竹发千寻，总有一本；黄河之水泻千里，究出一源。千支万派，自我鼻祖视之，未尝不犹然一家人也。天下林氏一家亲。

林披，唐天宝间授太子詹事，赠睦州刺史，生九子苇、藻、著、荐、晔、蕴、蒙、迈、蔇，皆官刺史，世称"九牧林家"。九牧林派系之旺、繁衍之广、人才之多，堪称中华姓氏一大望族。

九牧林素以诗礼传家，人文彪炳，代出英杰。唐有林藻、林蕴各以文名、忠烈名著唐史；宋有祖姑林默，护国庇民，福佑群生，航海人敬之若神；明有永乐状元林环、刑部尚书林俊、"铁面御史"林润、"三教先生"林兆恩等，均为名垂青史的九牧名贤。九牧林自唐代开基，历经1200多年，世远支分，派衍我国闽、琼、台、浙、赣、湘、桂、川、黔，以及东南亚各国，子孙繁衍海内外，后裔遍及五大洲。真可谓"乔木蟠根大，猗兰奕叶鲜"（宋仁宗题《林氏家谱》诗）。千枝一本，万派同宗，九牧林根在莆田，源出澄溪，而唐睦州刺史林披公则是海内外族裔共同尊奉的九牧林开基祖。

妈祖是流传于中国沿海地区最重要的汉族民间信仰。是历代航海船工、海员、旅客、商人和渔民共同信奉的神祇。她是福建莆田九牧林姓人家的女儿，生于宋太祖建隆元年（960）。传说她从小就持斋吃素，因试图营救船难幸存者而丧命。为了纪念她奉献生命帮助以捕鱼为生的乡亲，当地居民着手修建寺庙，口耳相传，渐渐转化成女神象征。

福建林氏，近代最优秀代表有"苟利国家生死以，岂因祸福避趋之！""海到无边天作岸，山登绝顶我为峰"的民族英雄林则徐和民国元老林森等。

读书济天下
天道心向往
风霜雨露万里路
朝着红日向天涯

求真永不变
悲悯志更坚
千江万水奔大海
海纳百川路更长

处世须担当
公心合天道
身心苦难不须言
人间正道多沧桑

忠孝宗族训
青史写春秋
永存天道济苍生
旭日壮美染大洋

宋嘉祐六年（1061），侍御史林悦乞归祭扫祖墓。仁宗问曰：
"卿名家殷少师苗裔，家乘可得见乎？"悦取次以进阅。数日，御
笔大书"忠孝"二字于谱首，矜以御宝，又赐诗二章。

长冰派出下邳先，移入闽邦远更延。

忠孝有声天地老，古今无数子孙贤。

故家乔木蟠根大，深谷猗兰奕叶鲜。

上下相承同纪载，二千年后万千年。

莆郡卿家名望族，三仁而下爵王公。

存孤实抗回天义，报国常抒贯日忠。

德润丰姿人有异，光增谱牒世无同。

古今记载难穷尽，一代强如一代隆。

九牧林氏族范：

凡林子孙，父慈子孝，兄友弟恭，夫正妇顺，内外有别，尊幼有序，礼义廉耻，兼修四维，士农工商，各守一业。气必正，心必厚，事必公，用必俭，学必勤，动必端，言必谨。事君必忠，居官必廉慎，乡里必和平。人非善不交，物非义不取，勿富而骄，勿贫而滥，勿信妇言伤骨肉，勿言人过长薄风，勿忌妒贤能伤人害物，勿出入公府营私召怨，勿奸盗谲诈饮博斗讼，勿满盈不戒妙微不谨，勿坏名丧节灾己辱先。善者嘉之，贫难死伤疾病周恤之，不善劝悔之，不改兴众弃之，不许入祠，以共绵诗礼仁厚之泽。敬之戒之勿忽。

中国书协副主席、林氏宗亲、书法家林振明先生特别仿写宋仁宗的"忠孝"，我有幸得以收藏……

从钱氏家训入非遗讲起

钱氏家训是钱家先祖五代十国时期吴越国国王钱镠留给子孙的精神遗产，2021年被列入第五批国家级非物质文化遗产代表性项目名录，成为中国至今第一个也是唯一一个国家级家训非遗项目。钱氏家训以"修身、齐家、治国、平天下"的道德理想为宗旨，内容涵盖个人、家庭、社会和国家四个方面，对子孙立身处世、持家治业的思想行为做了全面的规范和教诲。

1000多年来，钱氏族人始终以家训为行为准则，践行着"利在一身勿谋也 利在天下者必谋之"的训言，英才辈出，利国利民，为社会为国家建立了不世之功。钱氏家训不只是钱氏后人的行为准则，更是留给每个中国人的宝贵精神遗产。我们知道，在华夏历史长河之中，人才辈出而熠熠生辉的家族是屈指可数的。

孔氏家族立为中国第一家族，绵延至今已有2200多年历史，不管是哪个皇帝在位，不管政权如何更迭，他们都被当权者奉为上宾。到20世纪90年代，曲阜当地的孔氏已传至80代"佑"字辈，现在全世界的孔子后人已经达到了300万人，已经繁衍了82

代。孔氏家族的家谱非常完备，30年一小修，60年一大修，是全球组织最为严密的家族。不过，需要指出的是，孔子家族的光环更多是集中在孔子身上。

除此之外，王阳明、曾国藩，以及民族英雄林则徐的家族，仅仅几百年历史，依然说不上是千年望族。

中国宰相村裴氏家族也算一个。山西省运城市闻喜县礼元镇裴柏村，是裴氏宗祠所在地。裴氏家族为三晋望族，以59位宰相、59位大将军著称于世，可谓"将相接侯、公侯一门"，是中国历史上声势显赫的名门望族。尽管裴氏家族至今依然人才辈出，但裴氏家族辉煌声势更多集中在过去，算是中国历史上声势显赫的名门望族。

在历史上，裴氏家族频频出将入相，其背后有深远的思想内涵和文化内涵，是其千年传承的深厚根基。屡出大学问家、大思想家，为官清正廉洁，刚直不阿，推崇孔孟儒学，教育子孙后代效仿前贤，这才是裴氏家族长盛不衰根本之所在。

以"先天下之忧而忧，后天下之乐而乐"而著称于世的范仲淹家族，也是千年望族。范仲淹是唐朝宰相范履冰的后人，北宋著名的政治家、思想家、军事家和文学家，世称"范文正公"。他为政清廉，体恤民情，刚直不阿，力主改革，屡遭奸佞诬谤，数度被贬。范仲淹有很高文学素养，其《岳阳楼记》中"先天下之忧而忧，后天下之乐而乐"为千古名句。也留下了众多脍炙人口的词作，词风苍凉豪放、感情强烈，为历代传诵。范纯仁是他的次子，父子都当过宰相。范仲淹在散文、诗词方面均有名篇传世。范仲淹多次因谏被贬谪，当时梅尧臣作文《灵乌赋》力劝范仲淹要少说话，少管闲事，自己逍遥就行。而范仲淹则强调"宁鸣而死，不默而生"，彰显了古代士大夫为民请命的凛然气节。范仲淹特别善于识人，当狄青还是个下级军官时，范仲淹就对他很器重，授之以《左氏春秋》，说："将不知古今，匹夫勇尔。"狄青从此折节读书，精通兵法，后以武官任枢密使，成为一代名将。张载少年时，喜欢谈兵，至欲结客取洮西之地，21岁时谒见范仲淹，范仲淹一见知其远器，作为将领实在屈才，对他说："儒者自有名教可乐，何事于兵？"劝他读《中庸》。后来张载遍观释老，无所得反而求六经，后成为"北宋五子"之一、宋明理学关学的创始人、一代大儒。富弼少年时，好学有大度。范仲淹见而奇之，说："王佐才也。"并把他的文章给王曾、晏殊看。晏殊把女儿嫁给富弼。后，宋仁宗复制科，范仲淹告诉富弼说："子当以是进。"举茂材异等，从此进入官场，后成为一代名相。

钱镠是五代一国之一的吴越国王，他礼贤下士，广罗人才；奖励垦荒，发展农桑；平息藩镇战乱，维护两浙安宁。第二代吴越国王为钱镠第七子钱元瓘，在位十年，他承继了父王朝奉中原、保境安民的国策，使两浙之地有一个较长的稳定发展时期。又发展了与日本、朝鲜半岛古国的友好交流。第三代吴越国王钱弘佐，为钱元瓘第六子，在位7年。其后的两个吴越王都是钱弘佐的弟弟，即钱弘倧和钱弘俶。钱弘倧，钱元瓘第七子；钱弘俶，钱元瓘第九子，吴越国的末代国王。947年，钱弘俶继承吴越国王位，继承了祖先留下来的繁荣，也继承了祖先留下的遗训，对中原诸王朝贡奉之勤，海内罕有其匹。这也是钱氏家族"三代五王"之由来。

与其他千年望族相比，现代钱氏家族英才井喷现象，是其他千年望族所无法媲美的。真可谓千年钱氏之风浩荡，英杰辈出。

钱氏后人的一长串名单是世人所熟知的：钱嘉徵、钱穆、钱锺书、钱学森、钱伟长、钱三强、钱正英、钱李仁等名字赫赫闪光。仅海盐钱氏一支，亦枝繁叶茂，星光熠熠，明代嘉靖之后就有进士16 人、举人 40 多人，钱氏宗祠的墙壁之上记载着功名无数。

千年望族不离道德，百世传承无非悲悯。与其他千年望族相比，钱氏家族除了千百年以来建功立业，"三代五王"建立奇功外，我认为，能让其家族英才井喷的最重要原因在于钱氏家训。

钱氏家训全面超越甚至碾压其他家族的家训，这也是钱氏家训成为中国至今第一个也是唯一一个国家级家训非遗项目的最重要原因。具体而言，钱氏家训的内容包括个人、家庭、社会和国家四个方面，而中国绝大部分家族的家训，包括其他千年望族顶多只有三个方面，即个人、家庭和社会，很少涉及国家方面。这是其一。其二，钱氏家族规范子孙后代的起点是"王侯之家"，钱镠老王爷不仅有家国情怀，更有极高的格局和器识，深受儒家思想的影响，因此才有这样的杰作。其三，钱镠老王爷身体力行、率先垂范地践行"利在一身勿谋也，利在天下者必谋之"，为其子孙后代起到了很好的表率作用。

有个别人认为学习包括儒释道在内中国传统文化，不利于培养高端、顶尖的科技人才，不利于中国与西方国家人才的竞争。恰恰相反，钱氏家族以钱学森、钱伟长、钱三强为代表的科学家，就是在中华优秀传统文化熏陶和规范下培养、成长的结果。

钱氏家训不只是钱氏后人的行为准则，更是留给每个中国人的宝贵精神遗产，是我们每一个中国人都应该认真学习的成长训言。

附钱氏家训原文

一、个人篇

心术不可得罪于天地，言行皆当无愧于圣贤。
曾子之三省勿忘，程子之四箴宜佩。
持躬不可不谨严，临财不可不廉介。
处事不可不决断，存心不可不宽厚。
尽前行者地步窄，向后看者眼界宽。
花繁柳密处拨得开，方见手段；
风狂雨骤时立得定，才是脚跟。
能改过则天地不怒，能安分则鬼神无权。
读经传则根柢深，看史鉴则议论伟。
能文章则称述多，蓄道德则福报厚。

二、家庭篇

欲造优美之家庭，须立良好之规则。
内外六闾整洁，尊卑次序谨严。
父母伯叔孝敬欢愉，妯娌弟兄和睦友爱。
祖宗虽远，祭祀宜诚；子孙虽愚，诗书须读。
娶媳求淑女，勿计妆奁；嫁女择佳婿，勿慕富贵。
家富提携宗族，置义塾与公田；岁饥赈济亲朋，筹仁浆与义粟。
勤俭为本，自必丰亨；忠厚传家，乃能长久。

三、社会篇

信交朋友，惠普乡邻。
恤寡矜孤，敬老怀幼。
救灾周急，排难解纷。
修桥路以利从行，造河船以济众渡。
兴启蒙之义塾，设积谷之社仓。
私见尽要铲除，公益概行提倡。
不见利而起谋，不见才而生嫉。
小人固当远，断不可显为仇敌。
君子固当亲，亦不可曲为附和。

四、国家篇

执法如山，守身如玉。
爱民如子，去蠹如仇。
严以驭役，宽以恤民。
官肯着意一分，民受十分之惠。
上能吃苦一点，民沾万点之恩。
利在一身勿谋也，利在天下者必谋之；
利在一时固谋也，利在万世者更谋之。
大智兴邦，不过集众思；
大愚误国，只为好自用。
聪明睿智，守之以愚；

功被天下，守之以让；

勇力振世，守之以怯；

富有四海，守之以谦。

庙堂之上，以养正气为先。

海宇之内，以养元气为本。

务本节用则国富；

进贤使能则国强；

兴学育才则国盛；

交邻有道则国安。

后
记

只留清气满乾坤

　　我来自中国深圳，从 2022 年 9 月才开始写作，业余在各种媒体发表自己的习作。在这里，我十分感恩王伟先生，他是我创作的引路人和支持者。没有他的厚爱和关心，就没有今天向大家学习的机会。

　　借此机会，我要感谢国内外广大读者对我作品的认可。我长期在深圳从事经济、金融管理工作，在文艺战线上算是一名新兵。正是因为大家的认可和喜爱，我才有这样直接向大家学习、交流的机会。说实在的，我的习作没有什么固定的技术和章法，只是凭借自己对生活的热爱和对世界的独特理解、感悟，尽可能地把自然风光的美丽和人文历史的韵味结合在一起，尽可能地把几十年人生思考和生活的哲理融合在一起，尽可能地通过脚步的丈量、眼睛的观察和心灵的感悟，通过通俗易懂的文字表达出来。

　　我深深知道，好的作品，可以传播当代中国价值观、展示中华民族文化精神、反映中国人的审美追求；好的作品，可以熔思想性、艺术性、双赏性于一炉，让人们感受到生活的美好、世界的广阔，可以启迪思想、温润心灵、陶冶情操；好的作品，可以记录、书写中华民族伟大复兴的历史，可以描绘我们这个伟大的时代精神，可以讴歌我们的祖国、我们的人民、我们的楷模。

我深深知道，文学的创作与发展，离不开平台和社会的支持与鼓励。如果没有各媒体、平台的厚爱和大力支持，如果没有各种文学艺术大赛的举办，我就不可能荣获一系列奖项。正因为如此，在出版方的鼎力支持下，近期我的散文集《文心跋涉》即将出版。

在本书付梓之际，我万分感恩为本书作序的两位尊敬领导、大智者：中国人民解放军兰州军区原司令员、上将李乾元，湖南省政协原副主席、长沙市政府市长、省文联主席谭仲池。感恩薛春先生、张小宇先生、朱成万先生、魏福根主席，赵利生、刘燕、姜凌云、王建平、张羽涵、翁丽敏、潘华弟、翁凤珠、杨建明、杜娟、李谣昕等企业界朋友的大力支持。感谢妻子邱卫红、女儿林子尧的默默支持。特别感谢深圳市源启惠文化发展有限公司，并特别感谢钱燊博士、钟欣会长的大力支持。借此机会向大家报告，本书出版后，将作为凤鸣东南书院的辅助教材。

最后，我想表达的是，九紫炎运是火，乙巳流年也属火，新年将至，我祝福在新的一年事业红红火火，生活红红火火，文章红红火火。同时，请让我们共同祝愿我们的祖国风调雨顺，国泰民安，祝愿世界和平，人民幸福安康！

林居正
2024 年 12 月 21 日于中国厦门